# 言葉にならない気持ち日記

コピーライター
梅田悟司

sanctuary books

なんだろう、この気持ち悪い感覚は。
なんとも言えないビミョーな感じ。
心がざわざわする感じ。

この感情を言葉にできたら、
どんなにすっきりするだろう。

なぜ、こんなにもやもやするのだろう。
そして、なぜ、こんなにもやもやが続くのだろう。

嫌いになるほどムカつくわけでもなく、
絶望を感じるほど悲しいわけでもない。
なのに、ずっと頭と心の中に居座り続ける。
「さっさと出ていってほしい」と考えれば考えるほど、
もやもやは大きくなっていく。
これぞ、悪循環。

この心のざわつきがなくなれば、
どんなに心穏やかに暮らせるだろう。
笑顔でいられるだろう。
毎日そう思っている。

朝ご飯を食べながら、
電車に乗りながら、
お風呂に入りながら、
ベッドの中でだって。
あ、また、考えてた。やっぱり、悪循環。

敏感すぎるのかもしれない。
たぶん、そうなんだと思う。
だからといって「鈍感になれ」
と言われても、絶対になれない自信がある。
何度、受け流そうとしたことか。
笑い飛ばそうとしたことか。
しかし、そのたびに、
挑戦は失敗に終わってきた。
鈍感な人って、本当に幸せなんだろうな、
と思ったりしながら。

このもやもやが、
消えることはないのだろう。
ひとつもやもやが消えたら、
新しいもやもやが生まれるのだろう。
そう思いながら、もやもやしている。

もやもやこそが、人生か。

そんな境地に達しつつある自分がいる。

違和感まみれの人生は、
これからも続く。
しかも、人生１００年時代、
らしい。

こりゃ、
大変なことになってきましたな……。

# はじめに

はじめまして、梅田悟司です。コピーライターという仕事をしています。

私も例に漏れず、違和感にまみれた日々を生きています。コピーライターという仕事は、無数、いや、無限に存在する「言葉にならない気持ち」と向き合い、言語化することでもあります。

もやもやを見つけて、輪郭をはっきりさせながら、言葉にする。こうした繰り返しの毎日です。「このもやもや、最近増えてないか……」そんなことを思いながら。

私たちは日常生活で、実にたくさんの〝もやもや〟を抱えています。家庭で、職場で、お店で。家族と、同僚と、友人と。数え出したらきりがないほど、正体不明のもやもやが存在しています。もしかすると、人と人とがかかわるすべての場所に、もやもやはあるのかもしれません。

怒りや悲しみに任せて爆発してしまえば、すっきりするだろうな。そう思うこともあります。でも、別に我慢できなくもない。だからこそ、厄介なんだと感じます。心の片隅にまとわりついて、離れてくれないのです。

正体のわからないもやもやを抱えたままますごすのは、大きなストレスです。寝つきが悪くなったり、寝ても疲れがとれなかったり、忘れた頃に思い出してイライラしてしまったり。そして、少しずつ心を削られ、疲れてしまいます。

そんなもやもやを解消する方法として、私が提案したいことがあります。

それは「言葉にすること」です。

最近、使われるようになった言葉でいえば「もやもやの言語化」です。

もやもやしたことを言葉にしても、なんの役にも立たないでしょ？

そう思われた方は、非常に多いと思います。しかし、もやもやを言葉にすることの効果は絶大なのです。

私はコピーライターとして、これまでさまざまな言葉を生み出してきました。もしかすると「コピーライター＝キャッチコピーを書く人」という印象をおもちかもしれません。

たしかに、インパクトのある言葉を書くこともあります。

しかし、コピーライターの仕事の本質は、違うところにあるのです。

それは、「まだ言葉になっていないことを言葉にすること」です。生活者の心の奥底にある気づきや本音を見つけ出し、言語化すること。マーケティングの世界では、「インサイトの発見と言語化」と呼ぶこともあり、最重要事項であると位置づけられます。


いままで形のなかった感情に言葉を与えることによって、私たちはようやく「得体の知れない感情」と向き合うことができるようになります。まるで、心の曇った鏡を拭きとって、自分を見つめ直すように。

そう、言葉は「心のもやもやを整頓する道具」でもあるのです。


あの気持ち悪い感覚は、こういうことだったのか。

言葉にできて、すっきりした。


この感覚こそが、もやもやを言葉にすることの意味とも言えるでしょう。

## はじめに

本書籍では、日常生活に存在している「言葉にならない気持ち」を見つけ出し、みなさんの代弁者として、その気持ちに言葉を与えることが目的です。テーマは「もやもや出現率」が高い、職場での関係、友人との関係、家族との関係はもちろん、日常生活やお店での出来事、ＳＮＳなど多岐にわたります。それぞれのテーマごとに「言葉にならない状況」と「言葉にならない気持ち」をできる限り言葉にすることで、「そうそう、これが私の感じていたもやもやだったんだ！　あー、すっきりした」という清々しさを、ひとりでも多くの方に感じていただきたい。それがこの本のゴールです。

この言葉にならない状況と気持ちの言語化こそ、閉塞感ただよう現代の日本において、私がコピーライターとしてできる最も重要な仕事であると考えています。

それでは「もやもやと向き合い、言葉にしながら受け入れていく旅」に出かけましょう。あなたの中にある言葉にならない気持ちが、言葉になる体験をおたのしみください。

## 1章 生活編 LIFE

CONTENTS

## 3章 仕事編 WORKS

CONTENTS



## 4章 お店編 SHOPS

## 5章 家族編 FAMILY

CONTENTS



## 6章 子育て編 PARENTING

## 7章 SNS編　SOCIAL NETWORKING SERVICE

CONTENTS

## 8章　趣味編　HOBBIES

# 1章

# 生活編
# LIFE

# LIFE

生活編――1章

## こんなに服があるのに、着たい服がない。

クローゼットを開けると、色とりどりの服が並んでいる。まるで小さなブティックである。去年のセールで手に入れたジャケット、お気に入りだったシャツ、数年前の旅行で買ったカラフルな小物たち。その一つひとつが、選択の軌跡である。

しかし、私は困っている。いままさに「着たい服がない」のである。クローゼットいっぱいの洋服たちは、私に何も語りかけてこない。沈黙である。どれも悪くはないのに、どれもいまの気分に合わないのだ。ああ、こんなにも選択肢があるのに、なぜ着たい服がないのだろう。

まず、生まれるのは、過去の買い物への反省である。気に入って買ったのに。あんなに悩んで買ったのに。奮発して買ったのに。あの瞬間の高揚感は思い出せるものの、あの瞬間の高揚感は戻ってこない。本当に困った現象である。あの出費はなんだったのだろうか……。

選択肢が多すぎると、決断が難しくなる。この感覚は「選択のパラドックス」と言うらしい。随分と立派な名前である。クローゼットの中にある豊富な服が、逆に、選ぶ基準をぼやけさせる。なんという皮肉だろうか。どちらにせよ、こんなにも服を買ってしまったことへの反省へと帰着する。

服はただの布切れではない。好きな服を着ると、うれしく、たのしく、がんばる気持ちが湧いてくる。クローゼットの服を前に絶望する気持ちも、反省する気持ちも、また服を買いたくなる気持ちも、かけがえのない自分の一部なのかもしれない。

# おなかはすいてないのに、惰性で3食、食べてしまう。

おなかはすいていないのに、なぜか食卓に向かっている。食事の時間がきたからである。決して、おなかがすいているわけではない。

子どもの頃から「3度の食事をしっかりとらないとね」と言われてきたせいか、時計を見ると「あ、もう食事の時間だ」と思ってしまう。頭では「別にいま食べなくてもいいんじゃない？」とわかっているのに、体が勝手に動いてしまうのだ。まるで、自分の意思とは関係なく、ただ時間がきたから食べるロボットである。

しかし、この惰性の食事にはメリットもありそうだ。忙しい日々の中で、食事の時間は小さな休憩のようでもある。たとえおなかがすいていなくても、「食べる」という行為が、作業を中断させ、気持ちをホッとさせてくれる。ストレスで溢れる1日の中、決まった時間に食事をとることで、生活にリズムが生まれ、体と心のバランスをとるために機能しているとも言える。

きっとまた時間がきたら「食べなきゃ」と思ってしまうのだろう。本当に食べたいのか、それとも単なる習慣なのか、ちょっぴり悩むのだろう。それでも、1日3食、食べてしまうのだろう。

食事は「食べる」という行為だけではなく、生活リズムを作り、心の安定をもたらす、大切な儀式でもある。惰性に身を任せるのも、悪くなさそうだ。

LIFE

生活編——1章

# 急いでもないのに、つい「閉」ボタンを連打してしまう。

エレベーターに乗り込んだ瞬間、無意識に行っていることがある。「閉」ボタンに手を伸ばし、連打しているのだ。

特に急いでいるわけではない。むしろ、時間に余裕がある。しかし、連打を止めることができないのは、なぜなのだろう。

せっかちなわけではない。「少しでも早く」「時間を無駄にしたくない」という気持ちがボタンを連打させているのかもしれない。現代はすべてがタイパ（タイム・パフォーマンス）で語られる時代である。そんな「効率主義」という名の圧力が、こんな些細な行動にまで影響しているようにも思える。

最近のエレベーターは、安全性を高めたことから、閉じるまでにやたらと時間がかかることがある。とはいえ、待ち時間など5秒もないだろう。にもかかわらず、永遠にも感じられる5秒を待つことができず、やはり「閉」ボタンを連打してしまう。

自然とドアが閉まるのを待つのではなく、「自分の意思でドアを閉める」というコントロール感。この感覚が思い通りにならないことが多い日常において、わずかに自己効力感を満たしてくれる。

「誰も入ってくる人はいないだろう」と油断して「閉」ボタン連打をしていると、ひょっこり誰かが入ってくる時がある。そんな時には、焦って「開」ボタンを連打することになる。どちらにしても、エレベーターのボタンを連打している自分がいる。

# 相手が先に到着しており、約束時間の前なのに遅刻扱いされる。

「来るの遅いよー」

その言葉を聞いて、思わず時計を見る。

「えっ、まだ約束時間の5分前じゃないか」

それなのに、なぜか相手から遅刻扱いを受けている。たしかに、相手は先に到着していた。もしかしたら、今日の約束をたのしみにしていて、15分くらい前に来ていたのかもしれない。

しかし、こう言ってはなんだが、約束時間よりも前に到着していただけの話である。こちらだって、約束時間に間に合うように行動しているのに。

とはいえ、会ってすぐにことを荒立てるのも本意ではない。そのため「あ、あ、ごめーん」とその場の空気を読むように謝ってしまう。この謝罪は何に対する謝罪なのだろうか。謝っている自分にも、妙に腹が立つ。

そんな状況に追い打ちをかけるように「全然気にしないで、じゃ行こーか」と言われる始末である。いや、ごめん、すっごい気になる。

約束時間に対する感覚は人それぞれであろう。5分前行動の人もいれば、15分前行動の人もいる。1時間前に現地に到着し、集合場所を確認したうえで、近くのカフェで時間がくるまで何かをしながら待つ人もいる。

それでも、約束時間はひとつである。どれだけ前に来ようが、約束時間は決まっている。誰もがその時間に遅れまいと、がんばっているのである。

# 同じ苗字の友人だけが下の名前で呼ばれている。

職場や学校など、同じ環境に、同じ苗字の人がいることは珍しい話ではない。

そんな時、不思議な現象が起きる。同じ苗字のふたりがいると、なぜか片方だけが下の名前で呼ばれるのだ。「田中さん」と「ケンタ」。「鈴木くん」と「メグミちゃん」。あくまでも、両者をわけるための方法でしかない。そのため、気にする必要はないのだが、どうしても気になってしまうのである。なぜ、私は、苗字組なのか。

別に下の名前で呼ばれたいわけではない。しかし、下の名前で呼ばれるのは、いつだって自分ではないほうである。下の名前で呼ばれる人のほうが、周りから好かれていて、愛されていて、親しまれているような気がして、少しさみしい気持ちになる。いや、少しではなく、かなり。

「なぜ、あの人は下の名前なのに、私は苗字なんだろう」と、相手に嫉妬心を抱き、無駄に疎外感を覚えてしまう。同じ苗字同士、仲よくすればいいのに。

よく考えてみると、むしろ苗字で呼ばれることには、一定の敬意が含まれていると考えることもできる。先輩だから、年長だから、尊敬の念があるから。さまざまな理由はあろうが、珍重されていると言えなくもない。

呼ばれ方は、その環境での人間関係や雰囲気によって自然と決まっていくものでしかない。そのため、自分だけ下の名前で呼ばれていないからといって、気にすることも、落ち込むこともないのだ。だいぶ気になるけれど。

LIFE

生活編――1章

# 誰もいないのに「ただいま」と言ってしまう。

家に誰もいないのはわかっている。なんの反応がないのもわかっている。しかし、「ただいま」を止めることができない。

ドアを開けた瞬間、思わず口をついて出る「ただいま」という言葉は、静まり返った部屋に吸い込まれるように消えていく。頭ではわかっているはずなのに、この一言を抑えることができないのは、なぜなのだろう。

考えてみれば、「ただいま」という言葉には不思議な力がある。それは単なる挨拶ではなく、1日の疲れを解き放つ呪文のようでもある。誰かの「おかえり」を期待しているわけではなく、この言葉を口にすることで、家に帰ってきた実感が湧いてくる。そして、よそ行きの自分のスイッチを切り、本来の自分に戻る効果があるように思える。

この現象は、家族の記憶が作り出しているのかもしれない。「ただいま」に続く「おかえり」の記憶。そんなノスタルジーの世界が、無意識のうちに「ただいま」という言葉に表れている気すらするのである。

誰もいない部屋に響く「ただいま」は、きっと無駄な言葉ではない。それは自分自身に向けた「おかえり」なのかもしれない。今日も1日を終えて、無事に自分の居場所に戻ってこられた。その安堵感を静かに確認する瞬間。たとえ返事がなくても、この儀式には大切な意味がありそうだ。

LIFE

生活編――1章

# あんなに好きだった曲のタイトルが思い出せない。

ラジオをつけると、懐かしい音楽が流れてきた。大好きだった曲。いまでも、少し歌詞を間違いつつも、歌うこともできる。しかし、思い出せないのである。あんなに大好きだった曲の名前が。

頭の中ではメロディが鮮明に流れている。歌詞も自然と口をついて出てくる。しかし、どうしても、タイトルだけが出てこない。すぐに思い出せたはずなのに。曲名で検索してカラオケでもあんなに歌ったのに。

サビになったらキーワードが出てくるかなと待っていても、それらしい言葉は出てこない。そして、曲の終わりでラジオＤＪが教えてくれる曲名を聞いて、すっきりとした気持ちになる。曲名を言わない時は、軽く絶望する。

若い頃は、アーティスト名から発売年まで、すべての情報を即座に思い出せた。そう思うと、記憶力の衰えを否応なしに感じざるを得ない。あの頃が遠くなっていくようなさみしさが込み上げてくる。しかし、記憶は薄れても、メロディや歌詞、その時の感情は、いまもこの胸に鮮明に刻まれている。それは、音楽が私たちの人生に深く溶け込んでいることの表れでもある。

「はー、なつかしい」と口にしながら、親がラジオから流れてくる曲に合わせて歌っていた記憶がフラッシュバックする。「私が若い頃はみんな聞いていたのよ」という台詞とともに行われた行為を、自分でするようになってしまったとは。記憶力が低下しても、不思議ではなさそうだ。

LIFE

生活編――1章

# エスカレーターの新ルールを守るべきかどうか悩む。

みなさんは、エスカレーターの新しいルールをご存じだろうか。

暗黙のルールとして「立っている人は片側に寄る。もう片方は、歩く人のために空けておく」というアレの変更である。地域によって、左寄りか右寄りかの違いはあるものの、たしかに存在するあのルールを全否定するような張り紙が貼られ、アナウンスも流れているのだ。

「2列で並んで乗りましょう。歩くのはキケンです」

そう、いまは片側を空けないのが公式のルールなのである。しかし、周りを見渡すと、みんな昔通り片側に寄って立っている。この状況がなんとも気持ち悪いのである。社会に染みついた暗黙のルールを優先するべきか、明文化された公式のルールを優先するべきか。なかなかの大問題である。

本来であれば、公式のルールを優先すべきなのだろう。しかし、長いエスカレーターの片側にひとりだけ立ち尽くす勇気もない。まるで、空気を読めない人のようになってしまう。ルールを守っているだけなのに。

新ルールは、安全のためや、効率よく乗るために考えられたのだろう。しかし、新たなルールが生まれても、すぐに浸透するわけではないのが現実である。同調圧力に打ち勝ち、最初のひとりになる人の存在が必要不可欠である。そんな葛藤を抱えながらも、やはり周囲に合わせるように、片側の列に並んでしまう自分がいる。

LIFE

生活編――1章

# 電車で座れるのが、だいたい降りる手前の駅。

満員電車に乗ると、吊り革のある中央側に移動する。そして、狙いを定めるのだ。すぐ降りそうな人を。つかの間の休息時間を得るために。

揺れる電車内で立っていることは、けっこうな運動になるらしく、運動不足の解消につながるようだ。たしかに、ただでさえ運動不足であるため、適度な揺れが足腰を鍛えるのにはちょうどよさそうな気もする。

しかし、である。とにかく座りたいのである。疲れているから、荷物が重いから、長時間乗るから。さまざまな理由があるのだが、とにかく座りたいのである。

ここから、長い待ち時間が始まる。狙いを定めた席ではない、別の席から次々と空いていくのだ。その前には、その席に狙いを定めていた先客がおり「お先に失礼」と言わんばかりに、どっしりと腰を下ろし、恍惚の表情を浮かべるのである。

そして、いよいよ自分の番が回ってきた。そう歓喜する時は、降りる駅の数駅前になっている。この現象は、人生の縮図のようでもある。待ち望んでいたことは、必ず実現する。しかし、タイミングが遅すぎるって。

目的の駅に到着すると、疲れがとれたのか、待ち疲れたのかわからない状態で、電車をあとにすることになる。座っている人の頭の上に「ふたつ先の駅で降ります」というサインが勝手に出る仕組みができたら、どんなに楽だろうか。そんな空想ばかりが暴走するのである。

LIFE

生活編――1章

# 説明書のない商品が増えすぎて困る。

あっても読まない。しかし、ないと困る。それが説明書である。

新製品を手に入れ、開封する。そして、とりあえず使ってみる。

「あれ？　この機能はどうやって使うんだろう」

そう思った瞬間、説明書を探すことになる。しかし、探しても探してもないのである。そこにあるべき説明書が。

昔なら当たり前のように入っていた分厚い冊子が、いまやＱＲコードやオンラインマニュアルに変わっている。説明書はペラペラとめくってみるものの、真剣に熟読するわけでもない。そのため、必要な時だけインターネットで閲覧できたほうが便利であることは間違いない。しかし、ないならないで不安になってしまうのである。

説明書があっても、部屋のどこかへと消滅するのが常である。それなのに、ないと不安になるのはなぜだろう。あるものがないことへの違和感なのだろうか。それとも、エコロジーを押し出しているものの、企業のコストカットの結果であることをうっすらと感じとってしまうからなのだろうか。

説明書がなくても使える商品が増えてきたのも事実である。いま風に言うならばユーザビリティが高まることで、説明書不在が標準になってきたのだろう。とはいえ、説明書がないと不安になってしまうのだ。

# LIFE

生活編——1章

## 数回しか行っていないのに、第二の故郷と呼びがち。

「数回しか行ったことないのに、第二の故郷なんて言うなよ」

テレビに映る有名人に対して、つい口を出している自分がいる。

自らを振り返ってみると、旅行先として同じところに何度も通うことも多くはない。それでも、気に入った場所であったり、素敵な出会いがあった場所は「ああ、私の第二の故郷よ」と口にしてしまっている。

実際の訪問なんて、たった数回である。ガイドブックに載っている観光地を巡って、おいしいものを食べて、現地の人と少し話をした程度。それなのに、第二の故郷と感じてしまうのは、おもしろい現象である。

考えてみれば、「故郷」という言葉には深い意味がある。生まれ育った場所、心の拠り所、アイデンティティの源。そんな重みのある言葉を、数回の訪問だけで気軽に使ってしまう。日常から少し離れた場所に逃げ場を求める気持ちや、よく知らないからこそ投影できる理想像、どこかに所属したいという願望などが混じり合い、「第二の故郷」という言葉へと昇華される。

そう考えると、数回の訪問でも「第二の故郷」と呼びたくなる気持ちも納得できる。新しい場所に心を開き、特別な思いを抱ける豊かさの表れとも言えるだろう。たとえいまは数回しか行ってないとしても、これからその場所との関係を深めていけば、いつか本当の「第二の故郷」になる可能性を秘めているのだから。

LIFE

生活編——1章

# 毎日、始球式の話がニュースになっている。

「このニュース、本当にニュースなのだろうか?」

そう思っているものの、なぜか毎日ニュースになっているものがある。それが野球の始球式である。

スポーツニュースのウェブサイトを開くと、必ずと言っていいほど始球式の記事が目に入ってくる。昨日も、一昨日も、その前も。誰かが始球式に登場し、ちょっとしたハプニングが起きて話題になる。ちょっとしたハプニングといっても、「衣装が奇抜だった」「明後日の方向に投げてしまった」「ノーバンで投げた」「投げ方が見事だった」「剛速球で驚き」など、ある程度、型は決まっている。しかし、毎日のように始球式の話がニュースとなると、正直「また始球式か」と思ってしまう。

世の中には他にもたくさんの出来事が起きている。政治、経済、環境問題など、もっと議論すべき重要な課題が山積みのはずである。それなのに、なぜか毎日始球式の記事が上がっている。しかも上位に。なんだか気になって見てしまうのだが。

ただ、ふと思う。こんなことがニュースになること自体、ある意味で平和の象徴なのかもしれない。世界には、深刻なニュースで占められる国々が数多く存在する。その中で、始球式が毎日ニュースになるこの国は、幸せに違いない。

# 窓に並べられた
# ぬいぐるみが色あせている。

街を歩いていると気になることがある。窓から外を向いているぬいぐるみの大群である。あのぬいぐるみは、誰のために、なんのために、そして、いつから置かれているのだろうか。しかも、直射日光によって色あせている。なんだかさみしい気持ちになる。はっきり言って、余計なお世話である。

ぬいぐるみたちは、最初は違う場所にいたのかもしれない。子どもの部屋のベッドの上か、リビングの棚の上か。愛情たっぷりに抱きしめられ、夜は一緒に眠り、時には涙を拭ってくれる存在だったのかもしれない。それがいまは、窓辺で、ただただ外を眺めている。その姿に、その役割の変遷に、人生の哀愁が映し出されているような気がしてならない。まるで、役目を終えた窓際族のようでもある。

かつての鮮やかな色は失われても、ぬいぐるみのやさしい表情は変わらない。それは、時を経ても変わらない愛情の形とも言えるだろう。

このぬいぐるみたちはこの家の見張り番なのかもしれない。家族が帰ってきたら一番に出迎え、知らない人には睨みを利かせる。色あせたその姿は、忠実な勤めの証のようにも見えてくる。

ぬいぐるみは色あせても、その役割は少しもあせない。むしろ、時とともに深みを増している。家族の歴史を静かに見守り続ける、小さな守り神として。そう考えると、この色あせたぬいぐるみたちの姿が、愛おしく感じられる。

LIFE

生活編——1章

# よく犬に吠えられる。

「なんで私だけ。どちらかというと、犬好きなのに」

散歩中の犬が私を見ると、突然吠え始める。飼い主さんは「ごめんなさいね、こら、吠えるんじゃないの」と慌てて犬を制止しようとするものの、その犬は、私に敵意をむき出しにしている。

通い慣れた道でも、近所の公園でも。子どもの頃も、この年になっても。他の人は普通に通りすぎているのに、なぜか私だけが不審者認定されるのである。

動物好きで、むしろ犬を見るとつい笑顔になってしまう。それなのに、まるで怪しい人物を見るかのように吠えられる。小さい頃から犬を見ては「かわいい！」と声を上げるほどの私が、なぜ犬たちから不審者扱いされなければならないのだろうか。はっきり言って、納得いかない。

調べてみると、どうやら犬は目が合うと吠える習性らしい。つまり、犬が大好きで「わー、ワンちゃんだ！」と思ってジロジロと犬を見つめると、ばっちり犬と目が合うことで、結果的に犬に吠えられることになるわけだ。犬好きであることが、犬からの警戒を生むという悪循環を生んでいるのである。好きであればあるほど、相手から警戒されるという、切ない現象である。

それでも、大好きな犬を見て見ぬふりすることはできない。素通りもできない。吠えられることを、受け入れるしかないのだろう。

# 2章

# 友人・恋人編

FRIENDS
&
LOVERS

# ふたりで会う予定だったのに、知らない人がいる。

待ち合わせの場所で、人を待つ。どんな話をしようかな。どこに行こうかな。ワクワクしながら姿を探している時間は、けっこうたのしい。

あ、見えた。しかし、まだこちらに気づいていない。手を振ってみると、こちらに気づいたようで、手を振り返してくれる。しかし、その隣には見知らぬ人物がいる。ふたりで会う約束をしていたのに。ふたりでしか話せないことを話したかったのに。その人は、小さくこちらに会釈をする。こちらもなんとなく会釈を返さざるを得ない。

それはそうと、誰だよ、お前。お前、誰だよ。知人かよ。友達かよ。ふたりだけの時間を返せよ。

期待に胸をふくらませていた気持ちが、一瞬にしてしぼんでいく。用意していた話題も、行きたかった場所も、すべてが宙ぶらりんになる。「ごめん、友達も来ることになったの。気が合うと思って」という紹介の言葉に、作り笑顔で応えるしかない。心の中では「なんで言ってくれなかったの？」という不満が渦巻いている。

相手にとっては何気ない判断だったのかもしれない。もしかすると、よかれと思ったのかもしれない。本当に、素敵な新しい出会いになると思って、友達を誘ったのかもしれない。

しかし、ふたりで会う約束には特別な意味がある。その空気感、その親密さ、その自由さ。それが第三者の存在によって、一気に色あせてしまう。そして、一方的に「裏切られた感」のような感情を背負い込むことになるのである。

# 私だけ、2回もご祝儀を渡している。

友人の結婚式に2回もご祝儀を払うことになるなんて、よくある話かもしれない。最初は「幸せになってね！」と心から祝福し、しっかりとご祝儀を包んだ。しかし、数年後、その友人が離婚し、再婚の知らせがくる。もちろんお祝いはしたいけど、「またご祝儀？」と、思ってしまう。ご祝儀を包む手も自然と重くなる。

まず感じるのは不公平感である。1回目の結婚式でしっかり祝ったのに、2回目も同じようにご祝儀を渡すのは、なんだか腑に落ちない。「1回目のご祝儀、返金してもらえないかな？」なんて冗談のような本音がちらつく。友人の幸せを願いつつも、こちらの出費が積み重なるのは、不公平に感じてしまう。

義務感と喜びの間の葛藤もあるだろう。結婚式に呼んでもらえるのはうれしいけれど、二度目のご祝儀を渡すのは正直しんどい。リピーター割引でも用意してくれれば、少しは心が軽くなるかもしれない。結婚式自体はたのしいし、祝いたい気持ちはある。

しかし、何度も同じように出費を強いられると、さすがに考えてしまう。

自分が独身だと、ただでさえ複雑な気持ちが、さらに複雑になる。

「友人が2回も結婚しているのに、自分はいつこのステージに進むんだろう？」

そんな問いが自分に返ってくる。友人が人生のイベントをこなす中、自分だけとり残されているような感覚がもやもやを増幅させる。3回目は、もう行かないかな。

FRIENDS & LOVERS

友人・恋人編――2章

# 友人の悩み相談が、毎回同じ内容。

深夜に電話が鳴る。あの子だ。きっとまた同じ話なんだろうな。何度も何度も聞いている、あの話。親身になってアドバイスもして、悩みは解決したはずだったのに。きっとまた、同じ話なんだろうな。

そして、電話に出る。やっぱり、である。

「最近、彼氏とうまくいってなくて……」

この言葉を聞いた瞬間、心の中でため息が漏れる。もちろん、相手には聞こえないように。まるでレコードの針が同じ場所をぐるぐると通過するように、いつもの悩み話が始まる。前回も、その前も、その前も。話を聞きすぎて、ほぼ暗記しているレベルである。アドバイスをしても、結局何も解決していない。前進もしていない。この深夜の儀式にも、正直うんざりしている。

相談とはなんなのだろうか。その答えのひとつに「解決策を求めているようで、そんなものいっさい求めていない」という圧倒的な事実がある。「あなただったら、どうする？」という質問の形はとるものの、ただ、話を聞いてほしいだけ。親身になってアドバイスでもしようものなら「私は相談したいのに、あなたばっかり話して！」と逆恨みをされる危険すらある。

解決を求めるのではなく、ただそばにいて話を聞く。それが友達というものなのかもしれないが、深夜の無料相談室が続くのも、なかなか大変である。

友人・恋人編——2章

# 仲よくなると、すぐファミリー扱いされる。

違和感をもっていることがある。それがやたらめったら「もう家族のようなものだな」という話をもち出してくる人である。

きっと本人に悪気はないのだろう。もう他人じゃないんだし、仲よくしていこう。気軽になんでも話せる仲でいよう。そのくらいの話なのであろう。しかし、家族というたとえ話をもち出してくることに対して、強烈な違和感が生まれるのだ。

気軽に使われる「家族」という言葉。相手にとっては親しみの表現なのだろうが、どこか軽々しく感じてしまう。家族とは、長い時間をかけて築かれる特別な絆のはずである。その重みのある言葉が、まるでカジュアルな挨拶のように投げかけられることに、なんとも言えない居心地の悪さを覚えてしまう。

親密さを表現する手段として「家族」をもち出す人と、その言葉に戸惑いを感じる自分。関係性の深さを表現しようとする言葉が、かえって距離感を生んでしまうという逆転構造。言葉の重みの捉え方で、これほどまでに感覚が離れてしまうのか、と軽く絶望する。

関係性の深さを表現する言葉は、どんどんインフレしている。「友達」では足りず、「親友」でもない。その先にある、「マブダチ」「マイメン」「ずっとも」、そして「家族」。その安易な言葉の選択が、逆に関係性の希薄さを際立たせているような気がしてならない。

# 仲よしグループに、実は苦手な人がひとりだけいる。

学生時代や職場、地域など、コミュニティに属していると、仲よしグループが形成される。最初は気心も知れていて、みんな仲がよかった。はずなのに。それなのに、仲よしグループの中でも、妙な人間関係が構築されてしまい、苦手な人が生まれてしまう。これは、コミュニティの宿命なのかもしれない。

普段なら気にならない些細な言動が、その人に限って妙に引っかかる。グループLINEでの絵文字の使い方、話の振り方、笑い方。誰も気にしていないはずなのに、なぜか自分だけが引っかかってしまう。時には、イライラしてしまうほどに。

みんなでたのしく話している最中でも、その人の一言で急にたのしい気持ちが消滅することもある。仲よしグループの中で、自分に限った話なのだろうが。

最初は「気の合う仲間たち」として始まったはずなのに、いつの間にかこんな不協和音が生まれている。まるで完璧に調和のとれた楽曲の中に、微妙に音程の外れた音が混じっているように。それを指摘することもできず、かといって無視することもできない。いつしか、不協和音だけが気になるようになってしまい、仲よしグループから抜けようかという気持ちすら生まれてしまう。

人は誰しも、表面的な「仲よし」の裏で、微妙な温度差や違和感を抱えているものだろう。しかし、よりによって、自分にとって最も大事な居場所にそんなことが起きるとは。

FRIENDS & LOVERS

2章

友人・恋人編

# ひさしぶりに会うのでたのしみにしていたら、みんなはけっこう会っていた。

「ひさしぶりー！」

これが、私たちの挨拶である。みんな毎日忙しく、時間を合わせることも難しい。仕事、生活、家庭……。それぞれ自分の置かれた場所で、必死にがんばっている。だからこそ、ひさしぶりに会えることがうれしいのだ。

そんな時に耳を疑うような言葉を聞くことになる。

「えー、この前、会ったじゃーん！」

「あ、そうか。ひさしぶりでもないか。たしかにー！」

へー、会ってたんだ。ひさしぶりでもないんだ。知らなかったな。

そこからは、もう、心ここにあらずである。どんな理由で会っていたのかを知りたいような、知りたくないような複雑な気持ちが渦巻き、気分が盛り下がっていく。

この何気ない会話が、突然刺すような痛みに変わる。自分だけが知らなかった集まりがあり、声がかからなかった約束がある。その事実が、孤独感と疎外感を突きつけてくる。

この話が繰り広げられている時、みんなの笑顔はいっそう輝いて見える。

そんなにたのしかったのね。よかったね。もう、この話終わりにしない？　だって、ひとりだけこの話に入れない人がいるんだよ？　え、まだ続くんだ。そんなにたのしかったんだね。それはよかったね。

輪に入れない自分は、このように自分と会話する他ないのである。

友人・恋人編――2章

# 二度と会いたくない人にも「またね」と言ってしまう。

「じゃあ、またね」

その言葉が自然と口から出た時、また自分のことがちょっと嫌になった。

もう会いたくないのに、どうして心にもないことを言ってしまうのだろう。世間体のため？　いい人に見られたいから？　嫌われたくないから？　嫌いな人なのに？

無意識の「またね」でこんな苦しい気持ちになるなんて。

別れ際の儀礼的な言葉のはずなのに、どこか後ろめたさを感じてしまう。本当は

「さようなら」で十分なのに。それが、自分のいまの気持ちにぴったりなのに。むしろ「もう二度と会いたくない」と捨て台詞を吐きたいほどなのに。

なのに、この口が「またね」という言葉を、無意識に吐いている。なんなの、この口は。思ってもいないことを言って。空気を読むように無難なことを言って。そんな気持ちとともに、自己嫌悪が襲ってくる。こんなにも小さな嘘が、なぜこんなにも心を重くするのだろう。

「またね」など、誰もが使う社交辞令である。しかし、その社交辞令が、自分の中の正直さを裏切っているような気がする。建前と本音の間。社会性と誠実さの間。嫌われてもいい気持ちと、それでも、嫌われたくない気持ちの間。

こうした狭間の中で、ほんの些細な「またね」という言葉が、振り子が大きく揺れていくように、大きな意味をもってしまうのである。

# 友人とランチに行くと、注文の価格帯を揃えてしまう。

本当は、スペシャルランチコースを頼みたかったのに。でも、普通のランチメニューを頼むことにした。友人が普通のランチメニューを頼むから。自分だけスペシャルランチコースを頼むのも気が引けるから。スペシャルランチコースが食べたくて、この店に来たのに。でも、普通のランチメニューを頼むことにした。友人が普通のランチメニューを頼むから。自分だけスペシャルランチコースを頼むのも気が引けるから。

店に入った瞬間から、この価格調整ゲームは始まっている。メニューを開きながら、さりげなく友人の視線の先を追う。相手が普通のランチメニューのページに目を留めた時点で、自分の選択肢も自動的に狭まっていく。

「まさかとは思うけれど、普通のランチメニューを頼む気なの？　この店のおすすめは、スペシャルランチコースだよ。スペシャルランチコースを食べるために、ものすごく前から予約する人がたくさんいるんだよ」

そんな言葉が頭の中を駆け巡るものの、口に出すことはできない。いまの空腹度合いや、経済状況も、人それぞれある。そんなことは、十分わかっている。そして、運ばれてきた普通のランチメニューを前に、誰にも気づかれないほどの、小さなため息をつくことになる。

今度はひとりで食べに来よう。スペシャルランチコースに、ランチワインもつけよう。そう固く決意するのである。

# 自分だけお酒を飲めないのに、割り勘になる。

どうせ割り勘なのはわかっている。同じテーブルではビールやカクテルがするすると消費されている。「同じペースで飲んでやろうか」と思うものの、ノンアル飲料は、そんなにするするとはおなかに入っていかない。それに比べてアルコールはするすると消費されていく。なんなのだろうか、あのするする感は。

そして、酔いも回ってきたところで、謎に高いワインが注文される。もう、ため息しかない。単価も違うし、飲める量も違う。しかし、どうせ割り勘なのである。

目の前のウーロン茶を見つめながら、意識が朦朧としていく。こっちはアルコールも飲んでもいないのに。隣で高級ワインの栓が抜ける音がする。「お通し」も「おつまみ」も、結局アルコールありきの注文である。それでも「みんなでたのしもうよ」と言われれば、断ることもできない。会計時に目にする金額は、ウーロン茶1杯分の何十倍にもふくれ上がっている。

「一緒に飲もう」という誘いの時点で、すでに不平等は始まっている。飲めない理由、飲まない理由は、人それぞれだろう。体質かもしれないし、信条かもしれない。それでも、そんな個人の事情を無視するかのように、飲み会という場では、「平等な経済的負担」という形で重くのしかかってくる。

平等という安易な解決策が、かえって新たな不平等を生んでいる。言い出せない空気、断れない雰囲気、そして納得できない出費。その悪循環の中で、黙って財布を開くのである。

FRIENDS & LOVERS

友人・恋人編――2章

# ドアが閉まった瞬間に鍵をかけられた。

さっきまでのたのしい雰囲気に終止符が打たれたようだった。軽い挨拶を終えてドアを出ると、唐突にドアの鍵がかかったのである。

防犯上は正しい判断である。次の予定に向けて、部屋の片づけをしないといけないのかもしれない。しかし、である。そんなにすぐ鍵をかける必要なくない？　しかも、けっこうな勢いで。

まだ廊下に自分の気配が残っているうちに、ガチャリという重い音が響く。その重低音は、廊下中、そして、心にずっしりと響き渡る。さっきまで共有していた温かな空気が、一瞬にして冷たい金属音によってかき消される。まるで「さあ、これでお別れね。解散！」と急かされているような気分になる。

もう少し間を置いてくれれば、こんな気持ちにはならなかったはずなのに。たった数秒待ってくれればよかっただけなのに。音が出ないように、そっと閉じるだけでもよかったのに。その微妙なタイミングと強さと配慮の差が、温かい別れを、冷たい断絶へと変えてしまうのである。

きっとこの気持ちは、友人や近所の方々との関係だけで生まれるものではないだろう。玄関まで重い荷物や、温かい食事をもってきてくれた配達員の方も同じ気持ちを抱えているかもしれない。だから私は、音を立てることなく、そっと、やさしく、鍵をかけることを心がけているのである。

# 行けたら行くは、だいたい来ない。

来る気がないなら「興味がないから行かない」と言ってもらっていいのに。そう思いながらも、そんなことを言う勇気もない。「行けたら行く」って、どうせ来ないでしょ。だったら、曖昧な態度はとらないでほしい。それが本音である。

誰もが知っているし、無意識のうちに使ってしまっている、この暗号のような言葉「行けたら行く」は、ほぼ確実に「行かない」の婉曲表現である。それなのに、なぜかお互いがこの曖昧な言葉を使い続けている現実がある。断る側は「きっぱりと断らない」ことによるやさしさのつもりかもしれないが、期待する側にとっては、ただ決断を引き延ばされた失望でしかないのが正直なところである。

「行きたくない」とはっきり言うことに躊躇する気持ちがあるいっぽうで、「行きたくない」とはっきりと言われることも、なかなかキツい体験である。そのため、この「行けたら行く」は、断りたくない側と断られたくない側の相互依存によって成立する、両者にとって都合のいい言葉のようにも思える。

直接的な拒絶を避けたがる文化。相手の気持ちを慮るあまり、かえって相手を不安にさせてしまう。そのやさしさと誠実さの間で、私たちは曖昧な言葉を選び続ける。「行けたら行く」という曖昧な希望より、「ごめん、今回は難しいかも」という正直な言葉のほうが、時には相手を思いやることになる。そんな当たり前の真実に、いつか私たちは気づけるのだろうか。

2章 友人・恋人編

# 映画デートで字幕版を見たいのに、吹替版ばかり提案される。

今回もまた、吹替版を提案された。

「字幕だと疲れない？」。無邪気で素直な感想なのだろう。しかし、そのたびに小さなため息が漏れてしまう。私の中の映画体験は、やっぱり字幕でなければならないのに。

「字幕だと、映画見にいっているというか、字幕を読みにいっている気がするんだよね。そうじゃない？」

その発言を聞いた時に、ふたりの間には、圧倒的にわかり合えない何かが存在していると感じてしまう。そして、醒めた。これが世に言う「蛙化現象」というものだろうか。うん、いまならばわかるよ、あの時はまったくピンとこなかった蛙化現象の意味を。具体的な状況もセットで。

本来の声を聴きたい。英語はわからなくても、音の響きを感じたい。言葉のニュアンスをそのまま味わいたい。というか、吹替だと、口の動きと声が違ったり、聞きなじみのあるタレントや声優の声だったりもして、まったく集中できない。

そんな気持ちをわかってもらえるのだろうか。いや、わかってもらえる日はこないのだろう。さて、どうしたものか。

# 沈黙に耐え切れず、つい余計なことを言ってしまう。

また、余計なことを言ってしまった。

カフェでの会話が一瞬途切れた瞬間、私の口から出たのは、この場にふさわしくない、まるで関係のない、どうでもいい、そして、どうしようもない話である。なぜそんな話をしたのかは、自分でもわからない。

しかし、わかっていることがある。沈黙が怖かったのである。たのしい雰囲気だと思っていたのに、沈黙が続いて「もしかして、たのしいのはこっちだけ……？」という不安が生まれてしまったのだ。

そして、焦りのあまり、普段なら絶対に言わないような話題を、言葉の浮き輪のようにつかんでしまった。その浮き輪には大きな穴が開いているとも知らずに。

何かの雑誌で「沈黙すら心地よく感じられるのがいい関係」という記事を読んだことがある。言っていることは十分理解できる。結果的にその境地にたどり着くことはできるかもしれない。しかし、お互いを知る段階では難易度が高すぎる。

また会うことができたら、沈黙をたのしんでみよう。

そう決意するものの、また沈黙に耐え切れず、この場にふさわしくない、まるで関係のない、どうでもいい、そして、どうしようもない話をすることになるのだろう。

# デートした相手が、一度も振り返ってくれなかった。

帰り際、とうとう最後まで振り返ってくれなかった。こっちはいつでも手を振る準備はできていたのに。

たのしかった時間を共有したあとの別れ際、なんとなく名残惜しい気持ちになる。もう少しだけ、話していたかった。もう少しだけ、この時間が長く続いてほしかった。そんな思いで、別れたあとの相手の後ろ姿を目で追ってしまう。「もしかしたら振り返ってくれるかもしれない」という淡い期待を抱きながら。でもやっぱり今日も、空振りに終わった。

なぜ私たちは相手が振り返ってくれることを期待してしまうのだろう。映画やドラマの影響だろうか。もう一度目が合うことで「今日たのしかったね、また会おう」という言葉にならない会話をしたいのだろうか。それとも、たのしかった余韻の中で、名残惜しさを共有したいのだろうか。

振り返って手を振ってくれた時の喜びは格別である。そのアイコンタクトだけで帰り道はうきうきしたものになる。振り返ってくれただけなのに。手を振ってくれただけなのに。たったそれだけの行動が、人を幸せにする力をもっている。

見送られる側になることもある。そんな時に、ちょっと歩いたあとに振り返ってみる。もしかしたら、見送ってくれるかもしれないと思いながら。人影の向こうにあの人がいる……気がしたのに、他人である。人生とはそんなものなのかもしれない。

# ドラマの主人公の名前がアイツの名前で集中できない。

設定も好きである。演者も好みである。展開のテンポもよく、また次が見たくなる。しかし、である。感情移入はできても、のめり込むことができない。主人公の名前が、アイツの名前と同じなのだ。

友達のこともある。家族のこともある。時には、元カレ・元カノのこともある。その名前が呼ばれるたびに、アイツの顔が浮かんでは消えていく。ドラマに集中できるはずもない。

ドラマの展開に夢中になろうとするたび、アイツの名前が呼ばれ、現実の人物が頭をよぎる。せっかくの重要なシーンでも「私の知ってるアイツは、こんな状況だったらどうするんだろう」「アイツはこんなにやさしくもなく、最低な反応をするんだろうな」「そういえばアイツ、いま何してるんだろう。ＳＮＳでも覗いてみようかな……」といった怨念にも似た邪念が浮かんでくる。ドラマに集中しようとするほどに、現実のアイツの顔や記憶が強力に襲ってくる。

名前という記号が、これほど強く特定の人物と結びついているとは。そして、目の前で放映されているドラマよりも、現実の記憶のほうが圧倒的に強いとは。それは、人間関係の深さを示す証とも言えそうだ。

# 「また今度会おうね」と言われたのに、具体的な日程が決まらない。

「また今度」の「今度」は、いつくるのだろうか。

「今日はたのしかったね。また今度会おうね」。たしかにそう言ってくれたけれど、それ以来、具体的な約束の話が出てくる気配もない。LINEでの会話は続いているものの、日常的な他愛もない内容が行き交うばかりである。

あの日から、もう1週間が経った。

「次の休みは予定ある?」。そう聞こうとして、何度もメッセージを消している。言葉を選び直して書いては、また消す。その繰り返しである。シンプルな質問のはずなのに、送信ボタンを押す指が、どうしても重くなる。

「その場で、予定を決めておけばよかった」と心の底から後悔するものの、ガッついているように思われるのも気が引ける。仕事であれば「次のミーティングの予定、決めちゃいましょ。あとでスケジュール調整するほうが大変ですから」と単刀直入に言えるのだが、好意を寄せる人に、そんなことを言えるわけもない。

「また会おうね」と言ったんだから、具体的に誘ってくれればいいのに。それとも、社交辞令だったのか。いや、でも、あの時の表情は嘘ではなかったはず。

そんな宙ぶらりんの状態で、時間だけがすぎていくのである。

FRIENDS & LOVERS

友人・恋人編――2章

# 無意識でその人の名前を呼んでおり、はっとする。

「あ」という声が、暗闇に溶けた。

ベッドの中で、つい口にしていたあの人の名前。自分の声にはっとして、目が冴えてしまった。そして、突然、気づいてしまった。もしかしたら、私、あの人のことが好きなのかもしれない。

考えてみれば、妙におかしい。本を読んでいても、音楽を聴いていても、ドラマを見ていても、ふとあの人の顔が頭をよぎる。そして今夜は、眠りに落ちかけた瞬間、意識が緩んだ隙に、声となって溢れ出てしまった。まるで、私の中の何かが、抑え切れなくなってきているようだ。

このままではまずい。恋の防波堤が決壊し、めちゃくちゃ好きになってしまうかもしれない。そして、日常生活のあらゆる局面において、甚大な影響を及ぼしかねない。

天井を見上げる。天井の模様がいつもとは違って見える。意味のない模様の中に、はっきりと見えるのだ。こんなところにハートの模様なんて、あったっけ。

顔が熱くなる。知らず知らずのうちに呼んでいた名前。こんなにもあの人のことを考えていたなんて。この気持ちを「好き」と認めた途端、心穏やかな日々に大きなうねりが起きてしまいそうで、うれしくもあり、ちょっと怖くもある。

# 新しい恋に進もうとするたびに、心の古傷がうずく。

過去のない人はいない。

そういうとカッコつけすぎかもしれないが、誰もが、心に傷を抱えながら生きている。そして、久々に、あの痛みがうずきそうな予感がしている。粉々に砕け散った恋の古傷が。

新しい恋の予感に胸が高鳴るはずなのに、どこか不安を感じてしまう。スマホの画面に表示されたメッセージに、期待と不安が同時に押し寄せる。返信しようとする指が、不意に止まってしまう。

恋で受けた傷は、完全には癒えていないのかもしれない。もしかしたら、完全に癒えることなどないのかもしれない。「ずっと一緒にいよう」。そう誓い合った約束が消えた、あの日の記憶は、いまも体の中を巡っているのだ。

新しい恋は、きっと違うはず。

そう言い聞かせても、「もっと素直になっていいんだよ」という天使と、「どうせまた同じだよ、信じるなんて損するだけさ、ケケケケ……」という悪魔が、言い争いをしている。どう考えても、悪魔が優勢である。

ふたりの時間がたのしければたのしいほど、身構えてしまう。

過去のない人はいない。だけど私は信じている。今度こそ、天使が笑うことを。

FRIENDS & LOVERS

2章

友人・恋人編

# 押してダメなら引いてみたのに、その後、音沙汰がない。

押しても引いても、何も変わらない。意味がない。それが現実である。

「距離を置いてみよう」。そう決めてから、もう数週間が経過している。いつもなら送っていたメッセージを控えて、SNSの投稿も減らした。そこに待っていたのは、なんの事件も出来事も起きない、いたって平穏な日々である。これほどまでに、静寂な日々が続くとはまったくの予想外であった。

振り返れば、こちらから積極的に誘っていた時期が懐かしい。「今度一緒に行きませんか」「よかったらどうですか」。そんな言葉を重ねるたびに、相手の返事は曖昧なものばかり。何度目かの「予定が合えばね」という返事に小躍りしながらも、ようやく気づいた。これ以上、押しても仕方ないのだと。

恋愛のバイブルとも言える雑誌には書いてある。「押してダメなら引いてみよ」と。誰もが知っているこの作戦を試してみたものの、結果は散々である。押しても引いても、無風である。もはや、打つ手なし。

「もう一度、積極的になってみようかな」

そんな考えが頭をよぎるたびに、前回の虚しさを思い出して躊躇してしまう。もう決断するしかない。もう負けを認めるしかないのかもしれない。この戦いの。

2章 友人・恋人編

# 好きな人のSNSを数年分さかのぼってチェックし、夜更かししてしまう。

「ストーカーかよ」

そう自分に突っ込んでしまいたくなるほどである。あの人のことを知りたい気持ちを抑えることができず、画面に映る日付はどんどん過去にさかのぼっていく。

「あと5分だけ」。そう言い聞かせながらスクロールする指が、もう何時間も止まらない。明日は早起きしないといけないというのに、あの人のSNSの投稿に今夜も執着してしまっている。

夏祭りの写真、知らない異性との笑顔のツーショット、哲学的なようで実は何も言っていないポエム。それらが次々と目に飛び込んでくる。知りたいのに、知るのが怖い。でも、知りたい。そんな負のスパイラルにからめとられるように、過去へ過去へとスクロールしている。

自分が、人のプライバシーを覗き見るタイプだったなんて、思ってもみなかった。どちらかと言えば、サバサバした性格だと思っていたのに。それなのに、自分の知らないその人の一面を知るたびに、その沼にハマっていく。手がすべって「いいね」ボタンをうっかり押さないように、細心の注意を払いながら。

「5年前の元旦の投稿を、今夜の最後にしよう」

青白い光に照らされながら、そう決意するのである。

# 3章

# 仕事編
# WORKS

WORKS

仕事編――3章

# 上司の説教が長すぎて、反省する気持ちが消滅した。

上司の説教を聞きながら、だんだん意識が遠のいていく。最初は反省していたはずなのに、いつの間にか頭の中が空っぽになっていく。どうしてこんなに長く怒るんだろう。しかも、違う話になってきてるし。

「はい、すいませんでした」と謝りながら、気づけば窓の外の景色を眺めている自分がいる。始まりはたしかに自分のミスの話だった。しかし、いつの間にか、上司の学生時代の武勇伝を聞くことになっている。反省していた気持ちが、長すぎる説教のような謎の話に飲み込まれるように、消滅してしまった。

人間の集中力には限界がある。どんなに真剣に聞こうと思っても、10分を超えると脳が受けつけなくなってしまう。そんなこともお構いなしに、説教は延々と続く。反省する気持ちと説教の長さは反比例するようである。

おそらく上司も、説教するという状況に酔っていて、何について怒っているかすら覚えていないのだろう。まっとうな話であれば、真剣に耳を傾ける必要があろう。相手だって、わざわざ時間を割いてまで真剣に話してくれているからである。しかし、このなんだかよくわからない状況は、それとは違う。話半分で聞けば十分なのである。

短く的確なフィードバックをするほうが心に響く。自分が上司の立場になった時に役に立つ教訓を身をもって体験しているのだ。

仕事編——3章

# 名前を慣れない発音で呼ばれ続ける。

名前というものは、自分のアイデンティティを象徴するものである。その名前を慣れない発音で呼ばれると、もやもやを感じてしまう。私は梅田という名前なのだが、「め」が強調される呼ばれ方が多い。自分の名前を告げる時も同様である。しかし、たまに「う」を強調して呼ぶ方に遭遇することがある。うめだではなく、うめだなのである。気持ち悪さの極みである。

「え、それ、ちょっとアクセントが違うんですけど」と感じつつも、訂正することもできない。名前の発音に正解なんてないからだ。「地域や文化によって名前の発音やイントネーションが異なるのかもしれない」と思いながら辛抱するものの、気持ち悪さは続く。

周囲を見渡すと、その人以外は、耳なじみのある発音で呼んでくれている。「周囲の人の呼び方との違いを気づいて、自分で直してくれたらいいのに」と願うものの、そんな奇跡が起きる気配もない。空気を読むという行為は、同調圧力に屈するようで好きではないのだが、この時ばかりは「どうか空気を読んでほしい」と心の底から願うのである。こうした自分の中の葛藤が、さらにもやもやを増幅させる。

「もう仕方ない。気持ち悪いものの、自分が我慢すればいいのだ」

馬鹿らしくも重い覚悟を決めて、生きていくしかない。

WORKS

仕事編――3章

# 上司が最新のカタカナ言葉を微妙に間違えている。

「今回のプロジェクトのケイアイピーは……」

初めは何を言っているかわからなかった。しかし、話を聞いているうちに理解できた。ケイアイピーじゃない、ＫＰＩだ。

思わず吹き出しそうになる口元を必死に押さえる。普段は威厳に満ちた上司が、こんなミスをするなんて。しかし、その場で指摘すべきか、脳内でＫＰＩと読み換えて流すべきか、答えが見つからない。上司の顔を潰しかねないからだ。その判断の難しさに、もやもやが深くなっていく。

ビジネスの世界には、今日もまた新しいカタカナ語が生まれている。最新のビジネス用語を積極的にとり入れようとする上司の姿勢は、むしろ尊敬に値する。時代の変化にとり残されまいとする懸命な努力。その真摯な態度が、この小さな言い間違いを引き起こしているのだ。なんか、ウケる。

完璧を求められる立場の人にも、当然ミスはある。それをどう扱うかは、組織の成熟度を映す鏡になる。さりげなくフォローするのか、あえて見すごすのか。その選択が、働く環境をよりよくするチャンスとなる。

大切なのは相手の立場を考えること。あとでふたりきりの時に「あれ、実はＫＰＩですよね」とさりげなく伝えてみよう。そうすれば、このちょっとした言い間違いが、よりいい関係を築くきっかけになるかもしれない。

仕事編――3章

# 大事なことをメモしていただけなのに、スマホをいじるなと指摘される。

最初は自分のことを言われているとは思わなかった。

「だから、人が話している時に、スマホをいじるなって」

大きな声に驚いて顔を上げると、上司の顔は私に向かっている。いや、大事なことだと思ってメモをとっていただけなんですけど。

一瞬にして場の空気が凍りつく。デジタルメモが当たり前の時代なのに、スマホを使うこと自体が否定される。効率よく正確に記録をとりたいだけなのに、それが「まじめに話を聞いていない」という烙印を押されてしまう。この世代間のギャップに、思わず深いため息が出そうになる。

だからといって、状況を伝えようとしても「言い訳をするな」と一喝されるだろう。そういう空気をびんびんに感じている。ノートとペンならまじめに見えて、スマホだと不まじめに映る。同じメモをとる行為なのに、ツールが変わるだけでこうも評価が変わってしまうとは。新しい働き方と古い価値観が、ふたりの間で衝突しているかのようである。

デジタルツールを使いこなす若手と、アナログな手法を重視する上司。その間にある認識の違いが誤解を生んでいる。大切なのは、お互いの立場を理解し合うこと。次からは「メモをとらせていただきます」と一言添えて、スマホをとり出そう。それだけで、いらぬ誤解はなくなるはずである。

WORKS

仕事編——3章

# 体調不良で休んだのに、仕事は何ごともなく進んでいた。

「昨日は休んでしまって申し訳ありませんでした。遅れはとり戻しますので」

「いや、大丈夫。全部みんなでやっておいたから」

素直に喜ぶべき言葉なのに、なぜか胸の奥がもやもやとする。迷惑をかけなくてよかった。そう思う気持ちと同時に、自分がいなくても何も問題なかったという現実に、さみしさを感じてしまう。まるで、自分の存在価値が急に小さくなってしまったような感覚である。

チームワークが機能している証。会社や組織という単位で考えれば、そうなのだろう。普段から情報共有をしっかりと行い、誰かが休んでも業務が滞らない体制を整えてきた。それは本来、プロフェッショナルとして誇るべきことである。

しかし、どこかで期待していた。

「いやー、先輩がいなくて、困っちゃいましたよ。まぁ、どうにかなりましたけどね」

という言葉を。そう、どうにかはしてほしい。なぜなら、休み明けの自分の仕事が地獄のように忙しくなるのは勘弁してほしいからである。しかし、ちょっとは困ってほしかったな。

みんながんばってくれたからこそ、安心して休むことができた。次は、自分が誰かの支えになれればいい。そう考えると「自分もチームの一員として、周りの人をサポートできるようにしないと」という新たな決意が生まれてくる。

WORKS

仕事編——3章

# 忙しい時に限って、プリンターの紙が詰まる。

「もう、なんでこんな時に限って」

大事な社内プレゼンの時間が迫っている。こんな時に限って、プリンターが紙詰まりを起こす。そして、直したはずなのに、またエラーが出ているではないか。直ったと思ったらまた紙詰まりを起こし、エラー音が響き渡る。この繰り返しで10分以上も無駄にしている。

焦れば焦るほど、手順を間違え、余計に時間がかかってしまう。「早く、早く」という焦りが、逆に状況を悪化させるのだ。頭では理解しているつもりなのに、冷静でいられない。まるでプリンターが私の焦りを見透かしているかのように、次々とトラブルを引き起こしていく。

普段は何ごともなく印刷できているのに、なぜ忙しい時に限って、こんなことになるのだろうか。焦りが判断力を鈍らせ、さらなるトラブルを呼び、悪循環に陥っていく。「急いては事を仕損じる」という言葉を、身をもって体験する瞬間である。

普段から印刷できることが当たり前になることで、感謝する気持ちがなくなり、メンテナンスをしてこなかったツケが回ってきているようにも思える。

余裕をもって準備すること。そして、予期せぬ事態にも焦らないこと。そして、当たり前に感謝すること。プリンターは私たちにそんな大切なことを教えてくれているのかもしれない。

WORKS

仕事編——3章

# せっかく用意した資料が使われることなく終わる。

準備は完璧である。今日の打ち合わせのために、時間をかけてわかりやすい資料を用意した。

しかし、である。会議の終わり時間が刻一刻と迫っているのである。

議論は予想以上に白熱し、気がつけば残り時間はわずか。せっかく丁寧に作った資料が、私の手元でじっと出番を待っている。「この部分で資料を出そう」と思っていた瞬間も、話の流れで見送ってしまった。会議室の時計の針は、容赦なく進んでいく。

しかも、議論は白熱するあまり、明後日の方向に向かって進んでいる。このままでは、話題はどこかへ行ったきり戻ってくることなく、会議が終わる気配すらする。そして、なんの議論をするのかも不明確な新たな会議の予定が組まれるのだろう。もはや、この会議に参加している誰もが、自分がどこにいて、なんの話をしており、次、どこからスタートするのかも、わからない状況である。

しかし、手元には完璧な資料がある。そして、決意するのである。

次回の会議の最初に出そう。そして、会議を軌道修正しよう。今回は出番なく終わってしまったけれど、次回はきっと活躍してくれるはずだ。いやむしろ、次回の議論を正しく行うために作られたように見えなくもない。

そう思うことで、自分を納得させるしかない。次回までの宿題を、先にやっておいたと思えばいいのである。

# WORKS

仕事編——3章

# 自分のメールに限って、迷惑メールフォルダに振りわけられる。

送ったはずのメールに返信がこない。

重要な内容であれば、念のため電話して確認する必要がある。メールをしたことの確認の電話など、相手にとっては迷惑でしかない。そうはわかっていても、確認をしなければならないこともある。

「お世話になっております。先日お送りさせていただいたメールの件なんですけど」

「メールいただいてましたっけ。あっ、すいません、迷惑メールフォルダに入っていました」

また、である。また、私の送ったメールに限って、迷惑メールフォルダに振りわけられるのである。なぜ私のメールに限ってこうなるのだろう。アドレスの設定がおかしいのか、それとも文面が形式的すぎるのか。はたまた、メールサーバーの陰謀なのか。理由がわからないだけに、もやもやした気持ちが募っていく。

ビジネスマナーを意識して、できるだけ丁寧にメールの文面を書いた。そして、何度も見直して、修正もした。そんな几帳面さが、むしろシステムには「この文書はAIが書いたのかも」と判断されてしまうのかもしれない。

かといって、大事なお客様にそっけない文書を送ることもできない。どうすればスパム認定されないのか。謎は深まるばかりである。

WORKS

仕事編――3章

# 出社はいい運動になっていたと気づく。

リモートワークの日は通勤する必要がないため、時間に余裕がある。今日はウェブ会議だけだから、家で仕事をしよう。外回りがないから、家でゆっくり資料を作ろう。つくづくいい時代になったものである。

午後になって、そろそろお昼ご飯でも食べようかなと思い腕時計を見る。すると、驚愕の事実を目の当たりにすることになる。今日の歩数が372歩なのである。たったの372歩である。思わず二度見してしまうほどの少なさである。

通勤をしていた時代ならば、ランチタイムの頃には、すでに５０００歩近くは歩いていた。駅までの道のり、階段の上り下り、オフィスでの移動。あの「面倒くさい」と思っていた日常の動きが、実は貴重な運動だったのである。

効率的な働き方を手に入れた代償として、知らず知らずのうちに失っていたものがある。通勤時の人混みやカバンの重さに辟易としていたストレス満載な時間が、体を動かすための立派な運動だったとは。なんとも皮肉な話である。

便利になることは、体にいいことばかりではない。快適な環境を手に入れた分、意識的に体を動かす必要が出てきたのである。そんなことをぼんやりと思いながら、面倒でもたまに出社してもいいかなと思ったりもする。本当はリモートワークのほうがいいのだけれど。

# リモート会議が連続しており、膀胱が破裂しそうになる。

リモート会議は家から出席できるため便利なのだが、大変なこともある。休み時間をとれないほどに、スケジュールがぎちぎちに入ることになるのだ。たとえば、9時から10時、10時から10時30分。10時30分から12時。このように連続して会議が組まれることも珍しくない。

すると、問題が発生する。トイレに行くこともできないのである。

オフィスなら小さな隙間時間が自然と生まれるものである。会議室から会議室への移動時間も、エレベーターを待つ時間も、廊下ですれ違う同僚との世間話の時間も。すべての無駄だと思っていた時間が実は重要で、トイレ時間の確保にも一役買っていたのだ。そのいっぽう、画面の中での仕事は、すべてが切れ目なく続いていく。まるでスケジュール表の檻に閉じ込められているかのように。

テクノロジーの進化によって、時間や場所の制約から解放されたはずなのに、むしろ、より窮屈な状況に追い込まれている。カメラの前で「いつでも参加可能」な状態を強いられ、生理的欲求すら我慢を強いられている。これは果たして進化と呼べるのだろうか。ただ、トイレに行きたいだけなのに。

効率を手にすることで、人間らしい余白を失ってしまう。便利になったはずが、かえって不自由になってしまう。そんな本質的な課題を「トイレにすら行けない」問題から感じざるを得ないのである。

WORKS

仕事編――3章

# 終了時間が決まっていない会議が多すぎる。

「14時から会議をしよう、よろしく」

会議の始まりの時間は理解した。しかし、会議の長さもわからなければ、終わりの時間も決まっていない。本人としては「1時間で終わるか」と思っているかもしれないが、話を受けた側としては、エンドレス会議を入れられたような気分になる。

素直に「何時に終わりますか？」と聞けばいいのだろう。しかし、「終わり時間を気にするやる気のない奴」のように思われるのも、しゃくである。そのため、「了解しました」と言うことしかできない。本当に困った状況である。

スケジュール表にはなんとなく1時間で予定を入れてみる。しかし、その直後に別の予定を入れていいのかわからない。15時からの打ち合わせを入れても大丈夫だろうか。それとも、念のため15時30分始まりにしておくべきか。17時の資料作成に影響は出ないだろうか。終わりが見えない不安が、その後のスケジュールのすべてに影を落としていく。

ただ終わり時間を決めてくれればいいだけなのに。そんな切ない思いは「自分の仕事こそがすべて」と考えている人に届くことはないだろう。

誰もが限られた時間の中で仕事をしているのに、なぜか会議だけは特別扱いされている。まるで「会議こそが仕事である」と言わんばかりである。そのいっぽうで「会議のために仕事が進まない」という本末転倒な状況も起きている。会議なんてしなくても、仕事は進むというのに。

WORKS

仕事編——3章

# 急ぎの案件と言われたのに、そんなに急ぎではない。

私は、急ぎの案件という言葉を信じていない。

「急ぎの案件だからちょっといい？」と言われて呼び出され話を聞くと、3日後の打ち合わせのために資料を用意してほしいという。もちろん時間が十分にあるとは言えない。しかし、こっちは1時間後に提出する書類に追われているのだ。

誰にとっての「急ぎ」なのか。その言葉の解釈が、人によってこうも違うものなのか。目の前の締め切りに追われている人にとっては、3日後の案件が「急ぎ」と呼ばれることへの違和感が、静かな怒りとなって込み上げてくる。しかも、ギリギリの作業を中断させられている。もはや、マジ許すまじ、な状況である。

この「急ぎ」という言葉は、ビジネスでは魔法のように使われている。その一言が、優先順位を強制的に変更させる力をもっているのだ。もちろん、本当に緊急性の高い案件なら対応せざるを得ないのだが、急ぎという抽象的な言葉を使う人の急ぎは、そんなに急ぎでない。私はそう断言したい。

自分の仕事だけを見て「急ぎ」と判断する人。チーム全体の状況を考えずに依頼する人。そんな視野の狭さが、職場の無用な混乱を生み出している。誰かの「急ぎ」は、別の誰かの予定を犠牲にしているということに、気づいてほしいものである。

# WORKS

仕事編——3章

## 12時からのミーティング。ランチは前に食べるか、あとに食べるか。

打ち合わせ時間の調整は、実は難易度の高い仕事である。

打ち合わせ終わりに決めてしまえば、全員が揃っているためすぐに日程は決まる。しかし、メールでの調整ともなると「そこはいい、でも、そこはダメ」の連続となる。

そんな中で穴場の時間なのが、ランチタイムである。12時〜13時は昼食の時間として無意識に空けていることが多いため、妥協案としてその時間に会議が設定されることがある。「ランチミーティングですね」と言いながら。昼食は出ないのだが。

ここで悩みが発生する。ランチは打ち合わせの前に食べるか、あとに食べるか。11時に食べるのは早すぎるし、13時まで待つのは遅すぎる。この微妙な時間のジレンマに、誰もが一度は直面したことがあるのではないだろうか。前に食べればそこまで空腹ではないし、あとに食べれば空腹で集中できない。かといって、11時30分に食べようとすると、ギリギリすぎて、会議に遅刻する可能性も生まれてしまうのだ。

そして、最終的に昼食を食べ損ねることになる。会議の前は、ギリギリまで資料を用意することになり、会議のあとは会議の延長により次の予定と一体化される。結局何が正解だったかはまったく不明なのだが、ちゃんと朝ご飯を食べておくことが重要なのは、疑う余地もない。

# 「いい仕事の報酬は、次の仕事」という あまりにも率直な正論。

仕事をしているとグチのひとつも言いたくなる。

上司が評価してくれない。器用にこなしている同期だけが評価されている。自分のほうががんばっているのに。そんな時に、慰めるように、とある先輩から言われた言葉がある。

「いい仕事の報酬は、次の仕事だよ。上司は見てくれていなくても、一緒に働いている仲間は見ているものだから」

その時は深く感動した。心が動かされ、不覚にも涙目になってしまった。たしかに、仕事は上司から依頼されるものもあれば、一緒に働いた仲間から新しいプロジェクトに誘われることも多い。そのため、周囲の人が認めてくれれば、それでいいじゃないか。心からそう思えたのだ。

しかし、ふと考えると、何かがおかしい。次の仕事がくるって、逆に忙しくなっているではないか。あの感動は、何に対する感動だったのだろう。

「がんばりが認められている」という解釈は心地よい。しかし、その報酬が「さらなる仕事」というのは、どこか罰ゲームめいているようにも思える。それはまるで仕事の永久機関のようでもある。

評価されたところで、増えるのは新たな仕事と責任と、妙に上がりすぎた期待値でしかない。端的に言えば、負担が増えるだけである。この矛盾に気づいたあと、私たちは何を頼りにがんばればいいというのだろうか。

# 意見を求められたのに、意見をさらっと流された。

会議で急に意見を求められると、いまでも緊張する。社内会議ではもちろんのこと、クライアントも同席した会議ではなおさらだ。そして、意を決して発言する。無我夢中で説明する。おそらく発言自体は30秒ほどなのだが、体感はもっと長い時間話しているような錯覚に陥る。

そして、発言を終えると「なるほど、ありがとう」とコメントされ、会議が本線に戻っていく。

え、意見を求めたのはなぜだったのか。話はふくらまないのか。相手の期待に沿った意見と違ったから黙殺されたのか。

勇気を振り絞って発した言葉が、まるで池に小石を投げ入れたかのように、わずかな波紋とともに消えていく。その時の虚しさといったら、自分の意見だけでなく、存在価値を否定されたような気持ちにもする。勇気を振り絞って発言したのに。

意見を求められたということは、自分ならではの視点が必要とされているはずである。たとえば、別の部署の視点から、若者の視点から、女性・男性の視点から、生活者の視点から。そんな意図を理解して発言したはずなのに。

そのくせ、会議が終わったあとに「あの意見、よかったよ」と言われたりもする。よいと思ったなら、会議の場で賛同してくれればよかったのに。なんなんだろう、あの時間差評価は。

WORKS

仕事編——3章

# 重要な話題に限って、会議の最後に投げ込まれる。

会議の目次を見ると「その他、連絡事項が1点」という項目が記載されている。冒頭にも「最後に連絡事項がございます」という、謎めいた説明がされる。

これは、間違いなくヤバい案件である。本来であれば、冒頭に話すべき超重要な案件にもかかわらず、この話を始めると他の議題を話す時間がなくなってしまうほどの。そして、会議の冒頭の話題としてふさわしくないと配慮されるほどの。

時間が経過し、この予感は的中することになる。

みんなが帰り支度を始めかけた時に投下される爆弾のような発言。頭はすでに次の予定に切り替わりかけていたのに、一気に気持ちが引き戻される。これはもはや「その他」ではない。本題がその他であり、その他が本題に置き換わるような、強力なインパクトである。

そして、私はこの現象を「その他爆弾」と名づけ、常に注意を払っている。重要な話題を切り出すタイミングの難しさ。「その他」と濁すことによって、証拠を残さないようにする姑息さ。しかしながら、「みんなが集まっているうちに話してしまおう」という安直さ。

そんな複雑な気持ちが混ざり合った結果としての「その他、連絡事項が1点」なのである。みなさんもこの言葉を目撃した際には、細心の注意を払ってほしい。対処できることは、次の予定を確認する程度しかないのだが。

# 机上の観葉植物の世話をしていないのに、元気に育っている。

デスクに小さな観葉植物を置いている人は多いだろう。しかし、その植物に水をあげているわけでもないのに、枯れることなく元気に育っている。まさにオフィスにおける怪奇現象である。

オフィスにある植物であれば、誰かが定期的に水やりをしていることも多いだろう。しかし、個人のデスクはその対象外である。自分で水をあげない限りは干からびてしまう。もしかすると、造花なのか。それとも、オフィスの湿度から水分を吸収しているのか。しかも、エアコンの効いた乾燥した空気の中で。

デスクの主である自分が世話をしていないはずなのに、葉は艶やかで茎も伸び伸びとしている。気がつけば、置いた時よりも大きくなっているような気すらする。この不思議な生命力に、思わず目を疑ってしまう。まるで、オフィスという砂漠の中で、たくましく生き抜くサボテンのようでもある。

もしかすると、誰かが水をあげてくれているのかもしれないが、ありがたいと思う気持ちよりも、自分のプライベートスペースを侵されたような気持ち悪さが先行する。考えれば考えるほど、謎は深まるばかりである。

こうした複雑な感情を抱えながら、飲み残しの水を注いでみる。「また水をあげるね」と約束をするものの、この約束は当分の間、果たされることはないだろう。

WORKS

3章 仕事編

# 隣の人に限って、キーボードを叩くのが強い。

「カタカタカタカタ、タン！　ターン!!」

キーボードの強い打鍵音がオフィスに響き渡る。その主に限って、隣にいる同僚なのである。おそらく「文章を書いたあとにエンターキーを2回押したんだろうな」という所作まで鮮明にわかるほどの打鍵音である。

そんな打鍵音を発する人ほど好んで使っているのが、メカニカルキーボードなるキーボードである。最近のキーボードは軽いタッチで、押し込む深さも浅くなっている。そのほうが楽に打てるし、音も小さいため、周囲に迷惑がかからないからである。ノートパソコンが主流になり、折りたたんだ時に画面を傷つけないという理由もあるかもしれない。

それに逆行するように誕生したのが、例のメカニカルキーボードである。最近のキーボードに対して、「なんかキーボードで入力している手ごたえがない」というニーズからか、「圧倒的打鍵音！」を謳う商品まで存在する。

現代のキーボードは、そんなに力を入れなくても十分に反応するはずである。仕事への情熱がキーボードに込められているのだろうか。それとも、仕事のストレスをキーボードで発散しているのだろうか。文末にそんなに力強くエンターキーを押さなくてもいいのに。しかも、2回も。

オフィスでのイヤホンやノイズキャンセリング・ヘッドホンの利用を、どうか認めてほしい。

# 複数の上司から、矛盾する指示を受け、詰む。

会社で働いていると、さまざまな板挟みに遭遇する。

先輩からは「これは絶対に必要だから、しっかりやってね」と言われ、上司からは「そんな時間をかける必要はない」と言われる。部長からは「品質重視で」と指示され、課長からは「とにかく早く」と催促される。相反する要求の間で、どれを優先すべきか判断に迷う。それが会社員の日常とも言えるだろう。

誰もが会社の利益や、顧客の満足のために指示を出しているはずである。にもかかわらず、方向性が噛み合わない。まるで複数の指揮者がいるかのように、それぞれが異なるテンポを刻んでいる。その中で、演奏者の一員である私たち社員は、どの指揮者の動きに合わせればいいのか判断困難となり、途方に暮れるしかない。

指示をしている人の立場からすると、見えている景色が違うのかもしれない。優先順位も、重要度も、スピード感も。すべてが異なって見えているのかもしれない。その違いによって板挟みが発生するわけだが、肯定的に捉えるならば、その矛盾こそが組織の多様性を示す証でもあるとも言える。肯定的に捉えるならば。

とはいえ、板挟みの間で最適な着地点を見つけることは難しい。そんな状況下での正解は、それぞれの意見を聞いているふりをしながら、自分を信じてやるだけである。どうせ指示したことなんて、ほとんど覚えていない。使える資料や的確な提案さえあれば、誰もが納得するのである。

# 4章

# お店編
# SHOPS

SHOPS

4章
お店編

# スーパーのレジで、自分の列だけ進みが遅い。

買い物カゴを手に、レジに向かう。そこで始まる、心の中の小さな戦い。

「どの列に並ぶべきか？」

目を凝らして各レジの状況を観察し、一番早そうな列を選んだつもりだった。ところが、事件は起きる。隣の列がどんどん進んでいくのに対して、自分の列は一向に進まないのである。

まるで、宇宙の法則が「私の列だけを遅くしよう」と決めたかのようだ。隣の列の人たちはスムーズに進んでいく。そのいっぽう、私の列では、商品のバーコードを読みとれなかったり、ポイントカードが見つからなかったりするのである。

観察してみると、レジの列の進みは、複雑な変数によって成り立っている。

レジ係の方の動きの速さ、熟練度。前に並んでいる人の人数と、カゴの数、中に入っている量。商品ごとのバーコード位置のわかりやすさ。列の先で、ふたつのレジに分岐しているか否か。買い物袋が必要か否か。さらに、増えすぎた支払い方法への対応などなどなどなど。そう、レジの前には宇宙が広がっているのだ。

そんな状況を前にして「どの列が一番早いか」を観察し、当てようとするなど、無理であり、無駄なのである。スムーズに進めばラッキーだし、他の列より遅くても、そんなもの。そんな心境になれるかは、別の話ではあるが。

SHOPS

お店編——4章

# ゾロ目レシートをお守りとしてとっておく。

「お会計は777円です」

そんな店員さんの声にはっとする。

普段なら何気なく受けとるレシートが、この瞬間だけは特別な輝きを放つ。777円。数字が揃う美しさに、思わず顔がほころぶ。まるで小さな宝くじに当たったような、ちょっとした幸運に出会えた気分になる。お釣りが「333円」の時も、なぜか得をしたような高揚感に体が包まれる。

お会計が778円であろうが、776円であろうが、実質的な価値はそこまで変わらない。それなのに、なぜかゾロ目の数字には特別な魔力があるのだ。

そんなレシートは、財布にしまって、大切にもち歩いてしまう。そして、いつの間にか、小さなお守りのようにもなっている。見返す頃には感熱紙の影響で、数字がまったく見えなくなっているわけだが。

整然と並んだ数字を見つけた時、私たちの脳は「これは特別な意味があるはず」と反応してしまう。いわば、パターンへの執着である。偶然の産物なのに、そこに何かの縁やメッセージを感じとる。ゾロ目に出会えた瞬間を、人生の小さなターニングポイントのように捉えてしまうのだ。

この迷信めいた行動は、日常の買い物という平凡な瞬間の中にある、小さな奇跡と呼べるだろう。たまたま目にしたゾロ目で、ちょっと幸せな気持ちになれる。そんな安上がりな幸せがあるなんて、なんと素晴らしいことか。

SHOPS

お店編――4章

# ポイントカードを忘れた日に限って、ポイントキャンペーン日。

「今日はポイント3倍デーです。ポイントカードはおもちですか?」

そんな声に喜びを隠しながら、ポイントカードの定位置を探す。カード入れを見ても、ない。あるはずのカードが、ない。どこにも行くはずもないのに、ない。ポイントキャンペーンの日に限って、ない。

財布の中を探してなければ、カバンの小さなポケットへと探索範囲を拡大する。普段なら「まあいいか」で済ませられるのに、3倍という言葉の魔力にとりつかれ、至るところを確認してしまう。

必死で探りながら、焦りは絶望へと変わる。今日という特別な日に、カードを家に置いてきてしまったのだ。家に置いた記憶もないのだが。

普段であれば、ポイントをつけたり、つけなかったりする。しかし、ポイントキャンペーンの日になると「損した感」がハンパない。いつの間にか「買い物をするとポイントがたまるのが当たり前」という感覚になっていたせいで、ポイント不感症になっていたのかもしれない。そして、ポイントキャンペーン日の失態によって、ポイントのありがたみを再確認するのである。

こちらの様子を見かねて、店員さんから「レシートとポイントカードを後日もってくれれば、加算できますよ」と教えてもらう。そんな配慮に感謝しつつも、どうせポイントをつけ忘れるに決まっている。ため息はただただ深くなる。

SHOPS

お店編——4章

# 美容院で髪を切ったあと、家に帰ると、さっきと違っている。

はっきりいって、うきうきしている。久々に髪を切りに行ったら、自分にぴったりな、思い描いたような髪形に仕上がったのだ。むしろ、想像以上である。

「こんなにも人生が色づいて見えるなんて！」

そう思ったのも、つかの間。帰宅後に素敵な髪形をチェックすると、見覚えのない光景が広がっているのである。素敵でお気に入りの髪形はどこに消えてしまったのか。

美容院を出た時は、まさに絶好調だった。歩く姿勢も自然と背筋が伸び、新しい髪形とともに、自信も手に入れたような気分だった。しかし、家の鏡の前に立った瞬間、「えっ、さっきと違うよね？」という驚きとともに、自分を包み込んでいた幸福感と万能感が消滅する。

プロの技術で仕上げられた髪形が、たった数十分の帰り道で変わってしまうはずがない。「風が強かったからセットが崩れたのかな」と思い、手櫛でセットしようとしても、元には戻らない。むしろ、違和感は増していく。なんだったんだろう、あの瞬間は。大きな鏡で後ろまで確認した時の完璧な状態は。

この怪現象の犯人は、見る環境の変化であろう。美容院の完璧な照明と大きな鏡。そして何より、高揚した気分が作り出した特別な空間から、日常に戻ってきた時の落差。それにしても、変わりすぎではなかろうか、これ。

SHOPS

お店編——4章

# ずっと行きたかった店が、私が行った日に限って不定休日。

この日をたのしみにしていたのに。定休日も調べたのに。どうして、今日に限って不定休日なのだろうか。

お店の前に立ち「本日休業（不定休につき）」の文字を見つめる。これほど入念に計画を立てたというのに。定休日を確認したのに。天気予報もチェックしたのに。待ちに待った日だというのに。

定休日は理解できる。店員さんには十分に休息をとってほしい。家族との時間も大事にしてほしい。そして、素敵なお店を末永く続けてほしい。来る側としても、定休日は公開されているため、避けることもできる。

しかし、である。不定休は突然やってくる。

ホームページで事前に知らされることも少ない。SNSでは、当日に「本日、不定休につき、休業します」と投稿されることもあるが、時すでに遅し、である。「いやもう、来てるって」というタイミングで投稿されても、対処の仕様がない。

何ごともなくすぎていく日常の中で、特別な予定を立てた日に限ってこんなことが起きる。レストランの不定休を筆頭に、映画館の機械トラブル、美術館の臨時休館、ビル全体のメンテナンス日による臨時休業もある。

不機嫌になっても仕方ない。閉まっているお店の前で落ち込むよりも、この機会を新しいチャンスと捉えてみたい。それ以外、選択肢はないのだから。

# SHOPS

4章
お店編

## 隣のテーブルに、よりおいしそうな料理が運ばれてくる。

隣の芝生は青く見える。おそらく、そういうことなのだろう。しかし、レストランに行くと感じざるを得ないのである。自分がメニューを決めた直後に隣のテーブルへと運ばれてくる料理のおいしそうなこと。

自分が頼んだ料理と同じものが運ばれてくると「いい選択をしたぞ」と、待ち時間をうきうきした気分ですごすことができる。いっぽう、よりおいしそうな料理が運ばれてくると、たちまち後悔の気持ちに襲われる。

さっとメニューを手元に引き寄せ、見返してみる。たしかに、隣の人が頼んだメニューという選択肢もありだった気がする。写真で見た時はそれほど魅力的に見えなかったのに、実物はかなりおいしそうに見える。これは単なる「選べなかったもの」への未練なのか、それとも、ないものねだりなのか。

たいていの場合、数多くの選択肢から、ひとつを選ぶことになる。大半のものは選択することはできないのだ。だからこそ、選択したあとに「他のもののほうがよかったかも」と考えるのは自然なことである。特に、目の前に具体的な比較対象があると、その思いは強くなる。

頼んでいた食事が運ばれてくる。なんと、おいしそうなこと。うん、やっぱり自分の直感が正しかったと納得し、食事を始める。あの悩みは、あの葛藤は、いったいなんだったのだろうか。

# ランチに予想外のスープがついていた。

日本の不思議なシステムのひとつに「定食システム」がある。たとえば、とんかつ定食であれば、とんかつとご飯、お味噌汁がついてくることは予想できる。しかし、その他に何がついているか明記されていないことが多い。小さめな小鉢がふたつもついてきた時には、小躍りするほどうれしいものである。

定食と同様に、ランチメニューも謎を秘めている。スパゲティランチには、スパゲティの他に何がついているかわからないことも多い。おそらく、小さなサラダと食後の飲み物がつく程度だろう。期待せずに注文する。そして、「お待たせしました」と運ばれてきたトレイを見て、思わず目を疑うのである。

そこには予期せぬスープの器が鎮座しているではないか。しかも、大好きなコーンスープちゃんである。「あれ？　コーンスープちゃんも、ついてくるんだ⁉」という驚きと喜びで、午前中の嫌な思い出も消え失せる。

「コーンスープちゃんがついているなら、ついているって書いておけばいいのに」とほくほくしながらメニューを見返してみると「ランチメニュー、スープつき」と明記されている。完全に確認ミスである。

しかし、自分のこの不注意な性格が「予想外のおまけとしてのコーンスープちゃん」を生み出したのだ。不注意も、時に悪くない。

# SHOPS

お店編——4章

## レストランではいつも「一品多かった」と後悔する。

「余裕で食べられると思ったのに」

これがレストランを出た直後のログセになりつつある。おなかを押さえながら席を立つ時、いつも同じ後悔が込み上げてくる。「やっぱり、一品多かったな」と。

メニューを見ていた時は、どれもおいしそうで、全部食べられる気がしていた。空腹時の判断力の甘さを、また痛感することになる。これまで何度も同じ失敗を繰り返してきたはずなのに、なぜ「今日は食べられそう。おなかすいてるし」という楽観的な判断をしてしまうのだろう。

自分の食欲を過信している、という一言で済む話なのだろうが、空腹時の自分はどこか普段より無謀な挑戦者になってしまう傾向があるようだ。

この原因を探っていくと、「メニューと実物が違う問題」が大きく横たわっているように思えてならない。「メニューではこんなに豪勢なのに、実際は8割くらいなんでしょ」という疑念が、一品多く注文させるのである。

ほどなくして、写真通りのものが目の前に運ばれてくると、その瞬間に一品多く頼んでしまったことを悟ることになる。

しかし、頼んでしまったものを残すわけにはいかない。「食べすぎた」という後悔を積み重ねながら、「ちょうどいい」を探す旅は続きそうだ。

SHOPS

お店編——4章

# SNSで見た素敵な写真と、実物があまりにも違いすぎる。

「やっぱりか。そうだと思ったが、やっぱりか」

私が頼んだのは、これなのだろうか。何かの間違いじゃないだろうか。そう、SNSで見た素敵な写真と、運ばれてきた料理があまりにも違うのである。

目の前に置かれた一皿を見つめながら、SNSの写真と見比べてみる。ボリュームも、色合いも、盛りつけも、どこか期待していたものとは違う。まるで、ファッション雑誌の着こなし写真と、自分が実際に着てみた時のギャップのようでもある。

期待値が高すぎただけなのかもしれない。あの写真を見ていなかったら、十分素敵だと思えるのかもしれない。しかし、期待に胸をふくらませてきた私にとっては、驚きや喜びに値しない代物としか思えないのである。

ＳＮＳの加工写真や、理想的な広告に囲まれて暮らす私たちにとって、期待と現実の間にある違和感は、日常的な体験になりつつある。盛りに盛った結果であるＳＮＳの写真と実物の落差も、そのひとつなのだろう。

しかし、ＳＮＳの写真と出会わなければ、外出することはなかったのも事実である。どうせ家でだらだらして、せっかくの休日を無駄にすごしていただろう。なんとも言えない残念な気持ちを抱えながらも、見ず知らずの街に訪れるきっかけをくれたことに感謝しながら、街ブラをするのが正しい所作なのかもしれない。

SHOPS

お店編——4章

# 店に知人がおり、気づかれないように店をあとにする。

ランチで入った店に見慣れた後ろ姿がある。その瞬間、思わず身を縮めてしまう。なぜ気づかれないようにこっそり出ていこうとしているのだろう。普段は仲よくしているはずなのに、ランチタイムには会いたくない。まるで、学校でクラスメイトに会うのはうれしいけど、休日に偶然出会うと気まずい、あの感覚である。

オフィスでは笑顔で会話を交わし、時には一緒にお茶を飲むような間柄なのに。それなのに、なぜレストランや外出先、休日に出くわすと、こんなにも避けたい気持ちが湧いてくるのはなぜだろう。仕事や学校、近所というコミュニティから少し離れて、息抜きができる大切な時間。その中で知人と会うことが、妙な緊張感を生んでしまう。

この「避けたい」という感情の正体は、境界線を守りたいという防衛本能なのだろう。仕事とプライベート、地域といった、微妙なバランスを保つために、無意識のうちに距離をとろうとする。それは決して相手への嫌悪感ではなく「自分の時間を大切にしたい」という自然な欲求の表れと言える。

この気まずさは、私たちの社会性を映す鏡。完全なプライベートでもなく、かといって仕事モードでもない。そんな曖昧な状況での人づき合いの難しさを、この突然の遭遇から感じざるを得ない。

SHOPS

お店編——4章

# 悩んで買った服が、セールで投げ売りされている。

ちょっと待って。セールなんて聞いてない。

ショーウィンドウに飾られた服に、思わず足を止める。悩みに悩んで、やっと決心して買った服がセールコーナーに追いやられている。半額以下の値札を見た瞬間、あの時の決断が軽くなったような気がして、切ない気持ちになる。

しかも、何枚も並んでいる。最後の1枚だと思っていたのに。特別な買い物だと思っていた記憶ごと値下げされてしまった気分である。

服そのものは何も変わっていない。ただ値札が変わっただけで、こんなにも気持ちが揺れてしまうなんて。それは単なる「損した」という後悔ではなく、もっと複雑な感情である。自分が悩んで選んだ時間や、やっと手に入れた時の喜びまでもが、色あせてしまうほどの衝撃である。

しかし、逆の見方もできる。たくさんの人に買ってほしい商品だからこそ、セールの目玉になることもある。むしろ、自分の目がたしかだった証拠と考えることもできなくはない。考え方次第ではあるものの。

大切なのは自分がその服を選んだ時の気持ち。たとえ今は安売りされていても、あの時の特別な決断は、きっと間違っていなかったはず。気持ちを揺さぶられることもあるけれど、それだけはたしかである。

# 5章

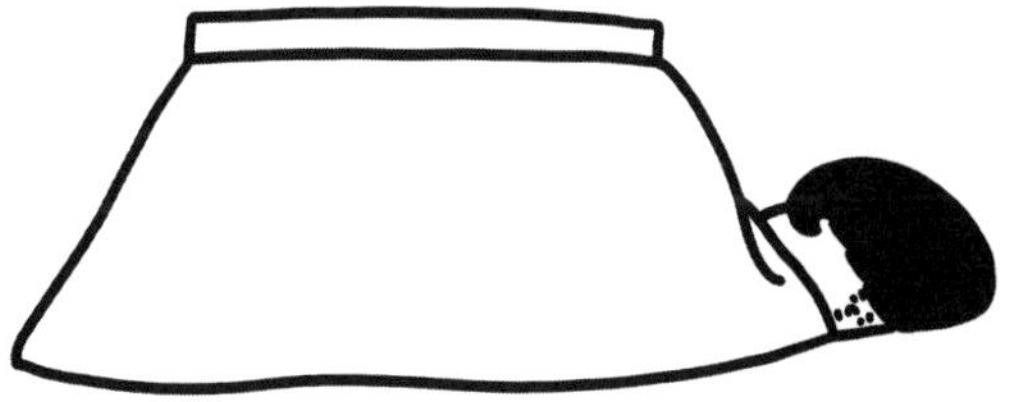

# 家族編
# FAMILY

# FAMILY

5章 家族編

## 突然、両親から電話がきてドキドキする。

スマホが鳴る。画面を見ると「お母さん」の文字。

突然の着信に、鼓動が激しくなる。もしかしたら、何か悪いことがあったんじゃないか。そんな不安が頭をよぎる。一瞬の躊躇のあと、受話器をとる。

「もしもし、どうかした……？」

緊張しながら通話ボタンを押すと、母の明るい声。「スマホの使い方がわからないから、教えてほしくて電話したの！」。はぁ、よかった。何もなかった。

緊張から解放された瞬間、安堵とともに込み上げてくる複雑な感情。父も母も元気で、ただの日常的な電話なのに、なぜこんなにも過剰に反応してしまうのだろうか。年を重ねるごとに、両親からの突然の着信に対する不安が大きくなっていく自分がいる。しかも、普段使っているＬＩＮＥなどではなく、電話というのが、緊急事態の可能性を高める働きをもっている。実に、心臓に悪い。

以前だって、親とは連絡をとり合っていた。学生時代であれば「今日は何時に帰ってくるの」「もうご飯できたわよ」「帰りに大根買ってきて」と気軽にやりとりをしていた。いま思えば、そんな日常的な会話の中に「いま何しているの？」という親の心配が詰まっているようにも感じられる。

それが大人になったいま、同じ着信なのに、感じ方がまったく違う。時の流れとともに、電話の重みが変わっていく。

FAMILY

家族編——5章

# 実家に帰ると、ご飯が無限に出てくる。

「よく帰ってきたわね、おなかすいたでしょ」

実家に帰った時の、母の言葉である。たしかにおなかはすいている。しかし、若い頃のように腹ペコではない。ちょっとだけ、すいている。そして、確信するのである。ご飯の準備、めっちゃしてるな、これ。

出迎えをしてくれた足でキッチンへと戻り、料理の仕上げにとりかかる。料理が次々とテーブルに運ばれてくる。出揃ったかと思いきや、母はまだ忙しそうに動いている。「もうこんなに食べられないよ」と伝えても「食べられなかったら残していいから」と言いつつ、手が止まることはない。そして今日もまた、胃袋の許容量をはるかに超える量の料理が出てくるのである。

普段はこんなに料理を振る舞うことがなくなったのだろう。父と母で住んでいれば、量も少なければ、簡単に済ませることも多くなったのだろう。その反動のように、数日前から献立を練り、買い物に出かけ、手料理を振る舞う。おそらく、文化祭や体育祭といったイベントに向けた準備のような熱狂が、そこにはあるのだと思う。それはたのしいに決まっている。

だから、つい食べてしまう。普段は腹八分目を心がけているのに。脂っこいものは控えているのに。夜遅くは食べないよう気をつけているのに。そんな管理された食生活が、一気に崩壊するほどに。パンパンに。

FAMILY

家族編——5章

# 実家に帰ると、2時間くらいで帰りたくなる。

実家の玄関を開けると、懐かしい匂いがする。「おかえりー」という声とともに現れる両親の笑顔。ひさしぶりの再会に、心が温かくなる。

たのしい時間の始まりである。子どもの頃の写真を見て笑ったり、懐かしい話に花が咲いたり。しかし、1時間がすぎたあたりから、風向きが変わってくる。

「そういえば、あれはどうなった？」「最近の仕事は？」「結婚の予定は？」

わが子への興味の暴走とも言える質問攻めの始まりである。ここでカツ丼でも出てきたら、事情聴取さながらである。少しずつ息苦しくなってくる。ふと、時計を見る。まだ2時間しか経っていない。うんざりした気持ちとともに、すっかり帰宅したくなっている自分がいる。

玄関を開けた時の温かな気持ちが、矢継ぎ早な質問攻撃ですっかり消え失せてしまった。このすべての質問は、親の愛情と不安であることはわかっている。しかし、その愛情と不安の裏に潜む、興味と野次馬根性と責任感と無責任なアドバイスが混ざり合った親心なるものが、息苦しさを生み出すのである。

子どもから大人へ。依存から自立へ。子離れだって、親離れだって、一言で済むほど簡単なものではない。自らの人生を歩み始めた大人である「元・子ども」との距離感はいつだって難しい。自分が同じ状況になったら、同じことをやりかねない。注意が必要だ。

# FAMILY

家族編――5章

## リモコンの電池をくるくるしても反応しなくなった。

リモコンのボタンを押す。反応がない。強く押してみる。反応がない。連打してみても、結果は同じである。背面の電池ケースを開けて、電池をくるくると回してみる。電池をとったり入れたりしてみる。しかし、そんな努力も虚しく、反応がない。

「ついに、電池が逝ったか」

小さな絶望の訪れである。

昔から、電化製品の調子が悪くなった時に、試してみる対処法がある。テレビの映りが悪くなったら叩いてみたし、ファミコンのソフトが読み込まれなかったら端子部分に息をフーフーかけてみた。

「壊れたわけじゃない、接触が悪いだけ。そのため、修理は不要のはず」

そんな希望的観測に基づいた行動と言える。今思えば、衝撃が加わるし、水分は飛ぶしで、逆効果のように思えるのだが。

電池切れであれば、故障ではない。しかし、乾電池が家に常備されているとも限らない。単三電池かと思ったら単四電池の可能性もあるし、その逆もあり得る。

乾電池の予備がなければ、使用頻度の低そうなリモコンから拝借することになる。そのため、別のリモコンを使おうとした際に、電池がないことがある。家族の誰かが勝手に電池を移動した可能性も……。

こうしてリモコン間の電池リレーは続くのである。

FAMILY

5章

家族編

# 旅行は、だいたいケンカして終わる。

この事実に気づいたのは、何度目かの家族旅行の帰り道だった。

スーツケースを引きずりながら、家に帰る。「ただいま」の声も、なんだか力がない。玄関を開けると、旅の疲れとともにもやもやした感情が押し寄せてくる。

「せっかくの旅行だったのに」

ため息が漏れる。思い返せば、出発時は笑顔だった。「たのしみだね！」と、はしゃいでいたのに、気がつけば最後の日、些細なことでケンカになっていた。そして決まり文句の「もう、二度と旅行になんて行かない」が炸裂するのである。

なんでいつもこうなるのだろう。そんな疑問が頭をよぎる。

旅行には必ずと言っていいほど、予定外の出来事が起きる。電車の遅延、天候の急変、予約の行き違い。本来なら、そんなハプニングすら旅の思い出としてたのしむものなのかもしれないが、旅行の疲れや緊張感、旅への大きすぎる期待と相まって、笑い飛ばす余裕がなくなってしまう。トラブルが起きるたびに気持ちが沈み、お互いを責め合ってしまう。

次こそは、うまくいくはず。そう思いながら新しい予定を立てる。しかし、また同じことが起きるかもしれないという気持ちも捨て切れない。完璧な旅を求めすぎるあまり、かえって大切なものを見失ってしまう。

トラブルをたのしむ心の余裕さえあれば、もっと違う旅になったはずなのに。そう気づきながらも、この悪循環から抜け出せないでいる。

# FAMILY

家族編――5章

## さっきまで大ゲンカしていたのに、何ごともなかったような声で電話に出て恐怖を感じる。

「人間には表と裏がある」

そう痛感させられることは多くあるのだが、典型的な光景がある。目の前であんなに怒っていた相手が、上機嫌な声で電話に出た時である。

鬼のような形相だったのに。孫の代まで呪う勢いだったのに。あんなにとり乱していたのに。そんな様子がまるで嘘だったかのように、声色が変わる。その豹変ぶりは、人間不信に陥るレベルの恐怖体験である。この人の中で、どちらが本当の姿なのだろう。それとも、どちらも演技なのだろうか。謎は深まるばかりである。

誰もが状況に応じて表情や態度を使いわけている。本当に身近な人以外の前では、怒ったりしない。騒いだりもしない。できるだけ平常心を保ち、可能であれば上機嫌であったほうがいい。「ＴＰＯをわきまえる」という言葉があるように、社会生活を送るうえでの必要なスキルである。

しかし、このあまりにも極端な変化は、根本的な部分で、人間の本質や恐ろしさを浮き彫りにする。これがＴＰＯをわきまえるということなら、ＴＰＯなどわきまえる必要などないとすら思う。

電話が終わると、上機嫌な声が嘘だったかのように、怒りが戻ってくる。感情のスイッチが壊れているのか。それとも、正常に作動しすぎているのか。まったくもって理解不能である。

FAMILY

家族編——5章

# 家事の方法が自分と違いすぎて、つい口を出してしまう。

口を出したいわけではない。こんな空気にしたいわけでもない。本当は、感謝を述べたい気持ちである。なのに、気になってしまう。そして、言ってしまうのだ。

「ここも、ちゃんとやっておいてね」と。

嫌味の意味はまったくない。感謝のあとにくる、気になったことでしかない。しかし、この口が感謝よりも先に、不満めいた発言をしてしまうだけなのである。

わかっている。この発言の延長線上で、口ゲンカが始まることを。相手のやる気を潰すことを。それなのに、制止できないのだ。とにかく、気になってしまうのである。

この現象の原因は、自分の家事のやり方と、相手のやり方が、あまりにも違うからである。「違い」でしかないものを、相手の誤りのように指摘してしまう。そこから揉めごとが始まるのである。

おそらく家事には、普通の家事というものは存在しないのだろう。存在するのは「わが家の家事」だけである。つまり、わが家のやり方こそがすべてであり、わが家の数だけ、家事が存在するのだ。

いつかふたりの家事がひとつになって、「わが家の家事」になるといいなと思うものの、やはり自分のやり方こそが正義であるかのように主張してしまう。そして、この口が「ここも、ちゃんとやっておいてね」と勝手に動いてしまうのである。

FAMILY

家族編――5章

# 母の日の翌日に、カーネーションが投げ売りされている。

母の日、クリスマス、バレンタインデー。

日本にはさまざまな行事があり、そのイベントに合わせたプレゼントがある。母の日にはカーネーション、クリスマスにはホールケーキ、バレンタインデーにはチョコレート。当日まで、街中が大騒ぎである。

しかし、翌日になると、祭りのあとのような静けさとともに、それらが「売れ残り品」として投げ売りされることになる。昨日まで「特別な贈り物」として飾られていたものが、一夜にして「処分品」へと姿を変える。こうした価値の変化に、どこか切なさを感じてしまう。

花は同じように美しく咲き、ケーキは変わらぬおいしさを保っている。商品としての価値と、本質的な価値の間にある深い溝が、妙に引っかかる。

私たちは、日付や記念日といった人工的な区切りによって、縛られながら生きている。その多くは、企業やマーケティング会社が仕かけた戦略によるものが多いのも事実である。逆に考えると、普段であればもっと手頃に入手できるものに対して、付加価値を感じて、高い金額を払っている。マーケティングの勝利である。

日付や値段に左右されない、本質的な価値を見出す目の重要性。それを養うヒントが、この投げ売りされる花々の中に隠されているようにも思える。

# FAMILY

家族編——5章

## 誕生日を忘れているのか、サプライズがあるのか、不安になる。

「今日は私の誕生日だ」

そう思いながら、ワクワクして目を覚ます。スマホを確認する。メッセージは、きていない。いまのところ。家族からの反応もない。「まだ朝だからかな」と言い聞かせながら、生活の準備にとりかかる。会社や学校に行っても、状況は変わらない。

昼休みになり、スマホを確認する。メッセージは、きていない。いまのところ。みんな忙しく、それどころではないのだろう。そう思いながら。

夕方になっても、状況は変わらない。それと同時に、楽観的な思いも浮かぶ。

「もしかしたら、サプライズ？　そりゃ、お祝いはディナーの時だよね」

期待と不安が入り混じりながら、帰りの準備を始める。帰り道、いつもより周りをよく観察してしまう。誰かが急に現れないだろうか。どこかで「サプライズ！」という声が聞こえないだろうか。そんな期待とともに、同時に「忘れられているのかも」という不安が大きくなっていく。

この年になって誕生日がうれしいわけではない。むしろ、年を重ねることが憂鬱でもある。しかし、誰からも気にされていない状況は、ちょっとさみしい。いや、けっこうさみしい。

帰宅してドアを開ける。普段の顔がそこにある。サプライズはなくても、自分の好きな料理が並んでいる。大丈夫、きっと覚えてくれている。

FAMILY

5章
家族編

# 家族会議を開いても、結局親の意見が通る。

「大事なことだから、家族会議を開いて決めよう」

旅行の行き先、進路についての相談、ロゲンカの仲裁。家族としての決定事項を必要とする時、みんなでテーブルを囲んで家族会議が行われる。一見、民主的な話し合いの場である。それぞれが意見を出し合い、時には白熱した議論も展開される。

親による徹底管理でも、子どもの自由放任でもない、議論しながら決定事項や約束事を積み上げていく「民主的子育て」の理想形である。

しかし、民主的な方法は、方法でしかない。会議が進むにつれ、議論は一定の方向へと収束していく。この会議体の議長が親である宿命であろう、結局は親の意見へと誘導されるのである。家族全員の意見を尊重するために開かれた会議が、いつの間にか親の決定に対する「根回し」のような様相を帯びてくる。

みんなで話し合って決めたというのは形でしかない。言ってみれば、会社で行われている形骸化した会議が、家庭内にもち込まれているだけなのである。

本当に民主的な家族会議を行うためには、子どもが議長を務めるのがいいだろう。子どもは子どもで、自分の思った通りの結論に近づけようとする。その力を防御するだけの論理を展開できるかどうか。それが親の腕の見せどころである。

# FAMILY

家族編――5章

## 友人が来る時だけ、急に部屋が片づく。

昨日まで荒れていた部屋と、この部屋は同じ部屋なのだろうか。片づけた本人すら見間違うほどである。散乱していた小物を所定の位置に戻す。もしくは、隠す。玄関にあった空の段ボールを束ねて捨てる。もしくは、隠す。食卓に置かれていた黒ずんだバナナや熟しすぎたミカンたちを食べてしまう。もしくは、隠す。

そんな汚部屋問題を解決する糸口となるのが、友人の来訪である。

「友達が来るぞ！　片づけをするぞ！」

ほら貝の音が鳴り響くような勢いで、掃除スイッチが入る。

そして、きれいになった部屋を見渡して、固く誓うのである。「友達が来なくても、これからは、このくらい部屋をきれいに保っておこう」と。あんなにも狭く感じていた部屋が、ものを片づける、もしくは、隠すだけで、かなり広く見える。しかし、友達が去ったあとに起きることは、察しの通りである。

いつでもできるはずの片づけが、なぜ他人が来る時だけ可能になるのか。あんなに面倒だと思っていた片づけを、テキパキとこなす片づけ魔に変身できるのか。

他人の目を意識してがんばれる自分も、ひとりの時にだらけてしまう自分も、どちらも本当の自分であることに間違いはない。それはそうと、友達の襲来がなくとも、部屋がきれいに保たれている日常が訪れてほしいものである。

FAMILY

5章

家族編

# インドア派だった父が、アウトドア派になっている。

久々に実家に帰った時に驚くべき発言を聞くことがある。

「父さん、最近釣りに行ったんだけどさ」

いやいやいやいやいや、釣りなんて行ってなかったよね。自然に連れ出してもらったことなんて、なかったよね。キャンプだって行きたかったけど、1回も行ったことないよね。どうしていまになって。

なんと、あのインドア派だった父が、アウトドア派へと変わっていたのである。

つい最近まで、休日といえばテレビの前で新聞を広げ、たまに庭の草むしりをする程度だった。それがいまや釣り竿を手に、川や海に出かけているという。なんという変わりようであろうか。

この戸惑いにはさまざまな気持ちが入り混じっている。唐突な変化もさることながら、一緒に出かける知人や友人がいたことへの驚き、川や海で足を滑らせて骨折しないかという不安などである。しかし、毎日休日のような状況でゴロゴロしているよりも、自然と戯れるように外出するほうがいいに決まっている。

父もさまざまな役割を終えたのだろう。会社員という役割を終え、父という役割も終え、普通の男性へと戻ったのかもしれない。父の変化は、役割からの卒業によって生まれたものであると思えば、納得がいく。自分の知らなかった父と新しい体験をするのも、いいものかもしれない。

# ネット配信ドラマの表現が、家族全員で見るには濃い。

ネット配信のドラマが勢いを増している。地上波テレビでは流せない内容に挑戦できる環境であるため、意欲作・話題作も盛りだくさんである。テレビのリモコンにも、ボタンがつくようになった。その結果、ネット配信のドラマを家族で見ることも多くなってきた。

そんな時に困ることがある。地上波テレビでは流せない内容に挑戦しているからなのだろう。ラブシーンや残虐なシーンがちょっと長いのである。そして、濃厚なのである。見ごたえはある。しかし、家族で見るには、ちょっと長く、濃厚なのだ。

リビングのソファで、家族揃って画面を見つめる。普段は会話が弾む団らんの時間が、突如として気まずい沈黙に包まれる。スマホを見るふりをしたり、急に天井を見上げたり、トイレに立ったり、飲み物をとりに行ったり。それぞれが必死に目線の置き場を探している。この時ばかりは、ちょっと長いシーンがより長く、ちょっと濃厚なシーンがより濃厚に感じられる。

誰かがチャンネルを変えれば一瞬で解決する問題ではある。しかし、唐突なチャンネル変更は、過激なシーンを意識しての行動だと見破られそうで、躊躇してしまう。こうした状況は、ネット配信のドラマが地上波テレビでは流せない内容に挑戦しているからこそ起きており、その狙いが成功している証でもある。

# 6章

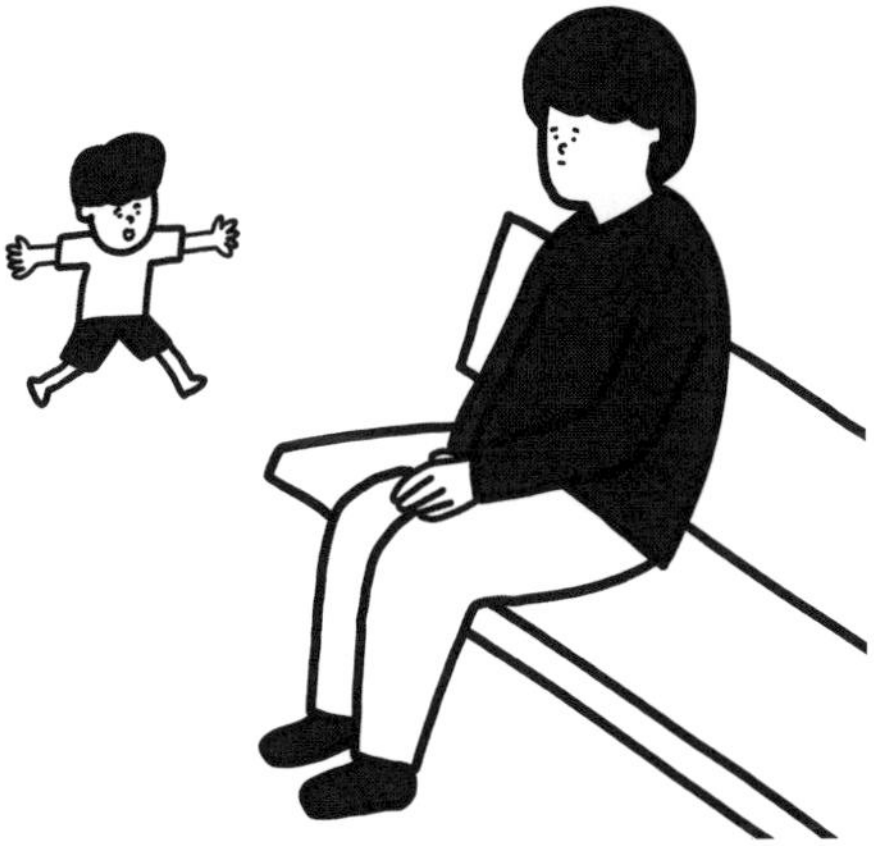

# 子育て編
# PARENTING

PARENTING

子育て編――6章

# 育児本の内容を、まったく育児に活かせない。

育児本を手にする時、誰もが期待を抱いている。「これで育児が少し楽になるかもしれない」。そんなはかない希望である。ページをめくると、具体的なアドバイスや、理想的な親子関係が書かれている。「なるほど、こうすればいいのか」と納得し、明日からの育児がスムーズにいくような気分になる。

しかし、というべきか、当然ながら、というべきか。現実はそんなに甘くない。子どもは育児本に出てくるような、理想的な形にはならないのである。

泣く時間も、ぐずるタイミングも、まったく予測不能である。育児本には「こうすれば寝つきがよくなります☆」と書いてあったものの、実践してみると、まるで効果がない。それどころか、逆効果になることすらある。本に書かれている通りにしているはずなのに、現実の育児はまるで違うのだ。

本を読みながら「きっとできる」と思っていたのに、うまくいかない。その繰り返しの中で、最後は「私はなんて不完全な親なのだろうか」という思いが頭をよぎる。育児本を買ったのに、どんどん自己否定が進んでいく。

それでも、また育児本を手にとってしまう。少しでも役立つヒントがあるかもしれないと期待してしまうからだ。本に書いてある通りにはいかないこともある。しかし、それでも手探りで進んでいくしかない。それが育児なのだろう。

PARENTING

子育て編——6章

# 子どもが写真に写りたがらない。

「はい、チーズ」

写真を撮るかけ声をかけると、物陰に隠れる。その対抗策として、何も声をかけずに写真を撮ると、ふてくされる。写真を消そうとする。この「写真を撮られたくない病」は、記憶を残したい親と写りたくない子どもの小競り合いを生み出すことになる。それはまるで、親心と子どもの意思の全面戦争である。

この攻防戦は、強引に撮ろうとすれば泣き出し、こちらが根負けしてあきらめたとたん、拍子抜けしたように元に戻り、幕を閉じる。この不思議な現象に、親としての戸惑いが日々深まっていく。

つい最近まで、カメラを向けると笑顔で応えてくれていた子どもが、いつの間にかシャッター音を嫌がるようになった。自我や自己主張と解釈することもできるのかもしれないが、写真を嫌がる合理的な理由などあるはずもなく、考えるほどに謎は深まるばかりである。

子育てのすべては、いつか思い出に変わる。大変だった日々も、振り返ってみると宝物のようになるのかもしれない。そう考えれば、この「撮れない」状況すら、懐かしい思い出として語り継がれる日がくるのかもしれない。だが、やはり、カメラを向けたくなるのが親心なのである。

6章
子育て編

# PARENTING

## 子どもの靴のサイズがあっという間に合わなくなる。

子どもはどんどん大きくなっていく。もりもり食べて、大きくなっていく。親としてはうれしい限りである。そんな想いとは裏腹に、ひとつの悩みが生まれる。すぐに靴がサイズアウトするのである。気を抜くと「もう少し大きくなったら履かせよう」と買っておいた靴を出す間もないほどのスピードで。

靴屋に行くと、つい最近も来た錯覚に陥る。まるでデジャブを見ているように、足のサイズを測っている。測ってみると、たしかに大きくなっている。成長を願う気持ちと、出費による痛手の間で、親の心は揺れ動く。

それにしても、最近の子ども靴は高くなっていないだろうか。大人が履くような有名スポーツブランドは軒並み子ども靴を発売しており、デパートや靴の専門店に行けば、柄から色まで選びたい放題である。

「親子でお揃いのリンクコーデなんかもおすすめですよ」と言わんばかりに、大人向けデザインをそのまま、子どもサイズに落とし込んだ靴まで用意されている。「お揃いなんて今しかできないから」と自分に言い訳をしつつ、普段は固い財布の紐も緩んでしまう。

そんな靴もまた、爆速でサイズアウトするのだろう。箱を捨てずにとっておけば、フリマアプリで高く売れるかもしれない。それが唯一の救いである。

PARENTING

子育て編——6章

# 夕飯がカップラーメンだと、子どもがめっちゃ喜ぶ。

「ごめんね、今日の夕飯はカップラーメンでいい？」

その一言で、子どもの目が輝く。そして、「やったー！」と歓声が上がる。

なんなのだろう、この歓喜は。

私の「ごめんね」はどこに消えたのだろう。申し訳ないと思っているのに、むしろ喜ばれるなんて。普段から健康のことを考えて、栄養バランスにまでこだわって、ご飯を作っているのに。なんなら一日中ずっと献立のことを考えているのに。

お湯を注ぎながら、複雑な気持ちに襲われる。野菜を刻み、味つけを考え、栄養バランスを整えた毎日の食事。完璧とは言わない。それでも、がんばっている。それなのに、超超超超らくちんなカップラーメンに最高の笑顔が向けられている。子どもの無邪気な喜びと、親としての複雑な思いが、湯気と一緒に立ち上っていく。

普段は食べることのないカップラーメンだからこそ、子どもにとって特別なものに感じられるのだろう。頭ではわかってはいるけれど、あそこまで喜ばれると、まったくもって腑に落ちない。なんなら、親としての尊厳にかかわる大問題である。

「カップラーメンと、うちのご飯、どっちが好き？」

そんな恐ろしい質問はしない。もしも、残酷な答えが返ってきた時には、耐えられる自信がないからである。

PARENTING

子育て編――――6章

# 風呂を拒否していた子どもが、風呂から出るのを拒否している。

子どもとの小競り合いは日常的に勃発する。その中で、特に厄介なのが風呂の時間である。風呂には、子育ての困難が凝縮していると感じるほどである。

「風呂に入る入らない問題」から始まり、「体を洗う洗わない問題」「シャンプーが目に入る入らない問題」「風呂のお湯が熱すぎるぬるすぎる問題」、しまいには、「風呂から出たい出たくない問題」「着替えを自分でするしない問題」「ドライヤーで髪を乾かす乾かさない問題」「歯磨きを自分でするしない問題」にまで展開していく。まさに地獄絵図である。

さっきまで「風呂に入りたくない」と泣き叫んでいた子どもが、いまでは「まだ出たくない」と駄々をこねている。その豹変ぶりに、親としては呆れるしかない。苦笑するしかない。怒りを抑えることができるはずもない。「どっちなんだね、きみは」と質問をしたところで、会話がかみ合うはずもない。

風呂場は、まさに子育ての修業の場である。対応する技術とともに、受け流す技術を会得したほうが身のためである。すべて受け止めようとすると、親の精神に異常をきたす危険すらあるからである。

見守る技術も重要かもしれない。「早く入りなさい」とも言わない。「早く出なさい」とも言わない。結局、言われた通りに動くことが嫌なのだろうから、何も言わないのがベストだろう。待つは待つで、イライラするのだが。

PARENTING

子育て編――6章

# 「おなかすいた」と大騒ぎしていたのに、ちょっとしか食べない。

また、である。あんなに騒いでいたのに。何か食べたいと大声を出していたのに。急いで食事を作ったのに。まったく食べないでやんの。

「おなかすいたー」

その声に慌てて台所へ向かい、手早く食事を作る。冷蔵庫を確認して、メニューを考える。材料を切り、さっと火を通す。簡単なものではあるものの、空腹を早く満たしてあげたい一心でてきぱきと動く。

しかし、でき上がった料理を前に、子どもの態度は豹変する。

箸でいじるだけ。ちょっとつまむだけ。「熱いからちょっと冷ます」と言いながら、がっついて食べる気配はない。そして「もうおなかいっぱい」の一言で、お皿の上にはほぼ手つかずの料理が残る始末である。

せっかく作ったのに。大きなため息が出る。まだ料理から出ている湯気が、ふわりと揺れる。

ある日、気づいたことがある。子どもの「おなかすいた」は、おなかがすいたわけではなく、「おかし食べたい」と同意なのではないかと。この仮説が正しいのか子どもに聞いてみたところ、ニヤッと笑った。「それなら『おかし食べたい』と言えばいいじゃない」と言うと、「おかし食べたいと言ったら、おかしを出してくれるの?」と逆に質問を突きつけられた。まぁ、出さないよね。

PARENTING

6章 子育て編

# 子どもが寝たあとにリラックスタイムをとると、寝る時間が0時を越える。

今日も寝不足である。

家事に仕事に育児に大忙しだから、ではあるものの、家事や仕事が深夜にまで及ぶわけではない。自分だけのリラックスタイムをとると、寝る時間が深夜になってしまうのである。

子どもを寝かしつけたあとの静寂。やっと訪れた自分だけの時間に、まずはため息をひとつ。スマホを開けば、昼間は読めなかったニュースやSNS、見たかった動画がたまっている。テレビをつけて、バラエティ番組で大笑いするのも大事な時間である。

「少しだけ」のつもりが、いつの間にか時計は午前0時を指している。「あと1本だけ」「もう1記事だけ」と自分に言い訳をしながら、さらに時間はすぎていく。

翌朝、やはり目覚めは最悪である。

自分だけのリラックスタイムの代償である。

「もっと早く寝ればよかった」そう後悔しながら、朝食作りにとりかかる。「こんな生活をしていたら、老化を早めるだろうな」と頭ではわかっているものの、このだらしないナイト・ルーティンの時間が失われれば、心を壊す自信がある。

夜の孤独な時間は、自分をとり戻すための儀式でもあるのだから。

PARENTING

6章

子育て編

# 習いごとの辞めどきが難しすぎる。

「ねえ、もう辞めたい」

子どもの言葉に、戸惑いを感じる。長年続けてきた習いごと。いま辞めさせていいのだろうか。

「もう少しがんばってみない？」

そう言いながら、親としての迷いと向き合う。子どもの表情を見ると、以前のような輝きが失われている気がする。本音を言えば、辞めてもいいし、続けてもいい。自分で決めればいいと思っている。しかし、辞めグセがつくのは困るし、もう少し続けてもいいとも思っている。でも、「もう少し」っていつまでなのだろう。その問いに答えが出ないまま、もやもやが大きくなっていく。

考えてみれば、自分にだって、ずっと続けてきたことなどない。だからこそ、何かを続けることに憧れがあり、子どもには何かを続けてほしいと思っているだけかもしれない。ないものねだりである。しかし、ここまで続けてきた時間も、積み重ねてきた努力も知っている。簡単に手放していいものか判断できずにいる。

かといって、子どもの言葉の重みも無視できない。たのしかった時間を知っているからこそ、辞める時は迷ってしまう。それは単なる惰性や未練ではない。習いごとに込めてきた親子それぞれの思いに加えて、何かをやり切れずに終わった親の無念や後悔などが、複雑に絡み合っている。

# 運動会での勇姿を、スマホ越しに見ている。

子どもの晴れ舞台である。この瞬間を写真に残しておきたい。祖父や祖母にも共有してあげたい。本人にもあとで見せてあげたい。一緒に写っている友達の親にもあとで送ってあげたい。そんな思いが暴走した結果、ありとあらゆる子どもの勇姿を、スマホ越しで見ることになっている。この目で見届けたい気持ちはある。しかし、ベストショットを撮っておきたい気持ちが、常に勝利するのである。

運動会ともなると、グラウンドの端から端まで、保護者たちがスマホを構えている。

みんな必死に画面を覗き込み、シャッターチャンスを狙う。子どもたちの一生懸命な姿は、どこか遠くの風景のように、小さな画面の中に収まっていく。

これでいいのだろうか。でも仕方ないか。うちも同じだし。

そんな思いが、心の片隅でふくらんでいく。

以前であれば、現像やプリントアウトをして、家やアルバムに飾ることもあった。しかし、写真がデジタルデータとなった現代においては、瞬間的に共有されたあとは、スマホやパソコンの奥底へと沈んでいくことが運命づけられている。

勇気を出して、この目で子どもの勇姿を見届けてみる。その感動は、忘れていた大切な何かを呼び起こさせる力をもっている。そんな感動もつかの間、帰宅後に「え、動画とか写真とか撮ってないの?」というリアクションを受ける。

まったく難しい世の中である。

# ガチャの値段が高騰している。

子どもはなぜあんなにもガチャが好きなのだろう。好みのモノが出る確率は低い。どうせすぐ飽きて床に転がっている未来が見える。片づけの際には、真っ先に捨てていいものコーナーに置かれる。それでもなお、ガチャの「何が出てくるかわからない」という魔力が、子どもを惹きつけて止まないのだろう。

驚愕するのが、その値段である。一昔前であれば100円が主流であったが、いまや300円が標準になろうとしている。100円であれば、子どもがスリルをたのしむ賭けとしては、適切な価格かもしれない。しかし、３００円は、いくらなんでも高すぎる。「何が出てくるかわからない」というスリルを味わうには、期待値が低い賭けに思えてならない。

もちろん、１００円の時代と比べて、フィギュアのクオリティは格段に上がっている。物価が高騰しているのも理解できる。しかし、それだったら、百均で好きなものを買ったほうがいいのではないだろうか。

スーパーや街角に並ぶガチャの前で、子どもの目が輝きだす。「ねぇ、これほしい」という声にぞっとする。昔であれば「いま小銭ないんだ」で納得していたのに、知恵をつけて「あそこで両替できるよ」と言い返される。

さて、どんな会話でこの難局を乗り切るべきか。

PARENTING

子育て編――6章

# 子どもの好き嫌いが毎日変わる。

いやいやいやいやいや、あんなにキノコが好きだったじゃない。なんなら好きすぎて、みんなの分まで全部食べてたじゃない。それをいきなり嫌いになったってどういうこと？　というか、今日のキノコづくしの料理をどうしろというの？　そして、温かな料理が徐々に冷めていくように、心も少しずつ冷えていく。

子どもの好き嫌いはコロコロと変わる。食べ物の好みから、キャラクターの好み、遊びの好みまで。その変化の早さに、大人は対応できないでいる。それはそうである。

大人はもう、価値観が固まっているからだ。

　この戸惑いの根底にあるのは「好みは固定化されている」という大人都合の論理であろう。「昨日まで好きだったものは、今日も好きなはず」という大人の常識が、子どもの世界では通用しない。その予測不能な状況に、親としての対応力が試されているとも言える。

　逆に考えれば、子どもの世界では「昨日まで嫌いだったものが、今日は好きになる」ことだって十分起き得る。こうした、好きと嫌いを繰り返しながら、子どもは自分だけの「好き」を形作っていくのだろう。大人には理解し難い気まぐれの中に、自己形成の一端が隠されているのかもしれない。

# PARENTING

6章
子育て編

## 子どもの遊び相手をしているうちに、自分が熱中してしまう。

「ここはもっとこうやったほうがいいんじゃない？」

そのセリフで、自分が熱中していることに気づく。子どもが好きなことに合わせるように行っていたことにハマっていたのだ。ゲームでも、スポーツでも、アニメでも。子どもにつき合ったり、つき添ったりする機会がなければ、決して触れることがなかったことに、いつの間にか、自分がのめり込んでいる。

そんな状況とは裏腹に、子どもの反応や食いつきが以前よりも弱まっている。

「あんなに好きだったのに、今日はどうしたんだろう」

そう感じる日が続くと、予感は確信へと変わっていく。うん、完全に飽きたな。そして、自分だけが完全にとり残されることになる。

子どもの「一緒にやろう」という誘いから始まったはずが、自分だけのかけがえのない趣味になっている。この謎の没入感は、子育ての予期せぬ贈り物と言えるだろう。しかし、肝心の子どもの興味が別に向かうことで、家庭内での趣味友達を失うことになるのだが。

まるで、子どもからバトンを渡され、大人である自分がたったひとりで走り続けているような感覚である。バトンは大人から子どもに渡すものとばかり思っていたが、逆のこともあるようだ。

PARENTING

子育て編――――6章

# たのしみにしていたレストランで、子どもがグズってたのしい気持ちが消滅する。

なぜだろう。たのしみにしていたイベントの日に限って、子どもがグズるのは。

記念日のホテルランチ。やっと巡ってきた週末ディナー。予約をとるのに苦労した人気レストラン。「今日は特別な日だから」と、うきうきしながら準備をしていると、子どもから負のオーラを感じる。虫の居所が悪い、例のアレである。

「行きたくない」「着替えたくない」「おなかすいてない」

この時点で、こちらのテンションは爆下がりである。

なんとか説得して連れ出したものの、レストランに到着しても事態が好転する気配はない。駄々をこねたり、グラスを倒しそうになったり、立ち歩いてみたりで、まったく落ち着かないのである。しかも、周囲に目をやれば、よその子はちゃんと座って食事をしているように見える。そのように見えているだけなのだが。

「たのしみたい」という期待が大きい分、そうならなかった時のダメージは計り知れない。特にレストランでの食事は「食事をたのしみたい」「雰囲気をたのしみたい」「お出かけをたのしみたい」「準備をたのしみたい」「会話をたのしみたい」と、たのしみたいものづくしで、期待値が爆上がりしている状態である。

計画は狂うものである。しかし、あまりにもタイミングが悪すぎやしないか。

# PARENTING

6章 子育て編

## 子ども向け番組ばかりで、自分の見たい番組をまったく見られない。

また、あの曲が流れてきた。あのアニメ番組のオープニング曲である。やけに明るくて好きな曲調ではないのだが、なぜか口ずさめるようになっている、あの曲である。リモコンを握ってみるものの、ボタンを押すのを躊躇してしまう。チャンネルを変えれば、面倒なことが起きるのは明らかだからである。画面の中ではキャラクターたちがリズムに合わせて踊りまくっている。シンプルな歌詞と強烈なメロディが、頭の中でリフレインする。

かつては、ニュース番組を見ながらコーヒーを飲むのが日課だった。夜は話題のドラマに夢中になった。それがいまでは、見たい番組の録画はたまるいっぽうである。「あとで見よう」と思って録画するものの、日々の忙しさの中で「あとで」が訪れることはほぼない。

自分の時間がほしい。そこまでは望まないとしても、せめて自分の見たい番組を見たい。ただそれだけの望みすら叶わないとは、なんと厳しい世の中だろうか。

アニメが終わったと思ったら、次はYouTubeの動画が始まる。子どもが夢中になるように作られた、わかりやすく、せわしなく、うるさい、あの動画である。しかも、テレビ画面で見られるようになっているため、大音量というおまけつきである。

握っているリモコンのボタンを押す。悟られないように音量を少しずつ下げるのだ。

PARENTING

子育て編――6章

# 夫婦間で育児方針がズレており、育児より疲れる。

今日も些細なことで言い合いをした。

子どもにジュースを飲ませるかどうか。そんな他愛もないことである。「たまにならかまわないでしょう」という言葉に、思わず声が上ずる。砂糖のとりすぎはよくない。虫歯の心配もあるため、1日1杯まで。育児本にもそう書いてあった。間髪を入れずに「きみだって夜にひとりでお菓子食べてるよね」と、責められる。その事実は否定できないものの、幼少期における砂糖のとりすぎと、こちらのリラックスタイムを一緒にしないでほしい。しかし、とっさに対抗する言葉は出てこない。

子育ては、選択の連続である。

おやつは？　学校は？　習いごとは？　ゲームの時間は？　家事の分担は？

その判断の一つひとつが意見の衝突の火種となり、意見の擦り合わせに疲れてしまう。これは育児の問題ではなく、夫婦間のコミュニケーションの問題である。いや、これも含めて育児と呼ぶべきなのだろうか。もう、そんなことはどうでもいいから、子どものジュースは１日１杯にしてほしい。

話し合おうとするたびに、平行線をたどる。そんなことがぐるぐると巡りながら、毎日がすぎていく。

PARENTING

6章

子育て編

# 子どものいない友人のキラキラ投稿に、子どものいなかった世界線を想像してしまう。

「いいなぁ、たのしそうで。こっちは家庭と育児でバタバタだよ」

スマホの画面を見つめながら、つぶやいている自分がいる。SNSには、子どものいない友人たちの写真が並ぶ。いや、正確に言えば、そうした投稿に目がいってしまうのだ。

海外旅行に、おしゃれなカフェ巡り。休日の素敵なブランチ。

「いいね」を押す指が、少し重たい。

ふと、「自分も違う道を選んでいたら」と考えてしまう。

子どもがいなければ、私も同じように自由な時間をたのしめたのかもしれない。もっとキラキラしていたかもしれない。そう思うと同時に、罪悪感が押し寄せてくる。子どもがいると大変ではあるものの、たのしいこともある。なのに、なぜこんな想像をしてしまうのだろう。自分は薄情な人間なのだろうか。そんな自責の念すら生まれていく。

とはいえ、迫りくる現実と向き合い続けるのは、息が詰まる。時には、現実逃避の力を借りて、違う世界線を想像しながらやっていくぐらいがちょうどいい気もする。

スマホを置くと、リビングに散らばるおもちゃが目に入る。その隣で、子どもがすやすやと眠っている。知らぬ間にほほえんでいる自分がいる。やれやれと思いながらも、散乱した幸せの欠片を拾い集め、所定の位置に戻すのである。

PARENTING

6章
子育て編

# イヤイヤ期でもひどいのに、反抗期を想像するだけでゾッとする。

本当に考えるだけで恐ろしい。いや、おぞましい。

イヤイヤ期ですら毎日が戦いだというのに、さらに大変な反抗期がやってくるなんて、信じられない。考えたくない。

朝の着替えから、食事、お風呂まで「イヤだ！」の一言で、すべてが止まってしまう。説得しても、なだめようとしても、まるで通じない。むしろ、すべての行動が逆効果のように作用する。「やれ」には「やらない」、「やるな」には「やる」、これはさながら子育て作用反作用の法則である。

それなのに、これから思春期、そして反抗期と、もっと大変な時期がくるなんて。いまはまだ言葉も少ないため「イヤだ！」と絶叫するだけだが、あんな言葉やこんな言葉を投げつけてくると思うと、卒倒しそうになる。

育児書には「イヤイヤ期は成長の証」と書いてあった。反抗期も同じく「自我の確立に必要不可欠」であるという。イヤイヤ期や反抗期が、成長において重要であることは、自分でも体験済みである。

しかし、体も大きくなり、声も大きくなり、力も強くなって完全体へと進化したスーパーイヤイヤ期のような反抗期には、もはや地球人では勝ち目がないように思えてならない。その時には、親は親で、新しい生命体へと進化して、立ち向かう他ないのだろう。

# PARENTING

6章
子育て編

## 明日学校にもっていくものを、前日の夜に告げられる。

無理に決まってる。明日までに「空のマヨネーズの容器」を用意するなんて。冷蔵庫のマヨネーズはまだたっぷり残っている。別の容器に出せということなのだろうか。このかなりの量を。

「あ、そうそう。明日、理科の授業で使うんだ」

宿題を終えた子どもが、布団に入る直前に言う。時計はすでに夜9時を回っている。学校からもち帰ったプリントを確認すると、たしかに書いてある。なぜもっと早く言わなかったのか、イライラが込み上げる。「忘れてた」という何の後ろめたさもない表情を見ていると、さらに腹が立ってくる。

しかし、怒ったところで何も解決しない。そして、夜中にブリブリという音を立てながら、マヨネーズを別の容器に絞り出すのである。

明日のもち物、提出物、行事の準備。すべてが前日の夜になって判明する。そのたびに深夜の奔走を強いられるのは、いつだって親である。

いい加減、学習してほしい。プリントをもって帰ってこないのも、通学バッグから出さないのも、何度言っても改善されない。いっそのこと、すっかり忘れて忘れ物をすればいいものを、生存本能が働くのだろう、ギリギリになって思い出すのである。

きっと、明日には明日の「忘れてた」が待ち受けているに違いない。

# 7章

# SNS編

## SOCIAL NETWORKING SERVICE

SNS編――7章

# テキトーに選んだ服の日に限って、勝手にSNSにアップされる。

SNSを開くと、通知がきている。

「なんだろう?」

そう思いながら、通知ボタンを押すと、自分がタグづけされている投稿が現れる。あの日の写真がアップされてるではないか。SNSに投稿していいか、聞かれた覚えもない。しかも、よりによってこんなよれよれの服の日に限って。

画面を見つめる手が震える。普段なら入念に選んだコーディネート、丁寧に整えた髪形で写真に写るはずなのに。その日は朝からバタバタしてしまい、慌てて着替えた服である。シワだらけのシャツに、色のまとまりもない。まさか、この姿がSNSに投稿され、デジタルタトゥーとして永遠にさらされ続けることになるなんて。

しかも、そんな投稿に限って「いいね」の数が増えていく。普段なら3いいね程度なのに、謎に3桁に迫る勢いである。そして、「たのしそう」「いい写真」というコメントが並ぶ。こちらにとっては悪夢でしかない。

「削除して。許可もとられてないし。しかも、よれよれの服なのに」と言いたい気持ちを押し殺しながら、タグづけされているのに無反応も感じが悪いため、薄っぺらな「いいね」を押してしまう。まったく「いいね」ではないにもかかわらず。

# 返信がこないメールの文面を何度も読み直してしまう。

「なんで返事がこないんだろう」

返信が遅いと、不安な気持ちが大きくなっていく。嫌な気分になったのかな。わかりづらかったのかな。返信しづらかったのかな。そう思えば思うほど、文面を読み返す回数は増えていく。

送信済みフォルダを開く手が、少し震えている。「件名はこれでよかったか」「説明が回りくどくなかったか」「誤字脱字はないか」。一文一文、一語一語を目で追いながら、まるで他人の文章を読むように客観視しようとしている。変なところも、違和感もない。しかし、読めば読むほど、不安はふくらんでいくのである。

すでに送信してしまった文面を何度読み返したところで、内容は変わらない。相手の返信が早くなるわけでもない。それなのに、なぜか「もう一度、確認しておこう」という衝動が押し寄せてくる。そして、暗記してしまうほどに同じ文面を読み返す。

普段は即レスする人からの反応が遅いと、不安はさらにふくらんでいく。

対面でのやりとりならば、相手の反応はその場でわかる。電話なら声のトーンで察することができる。しかし、ＬＩＮＥやメールは、そうはいかない。送信ボタンを押した瞬間から、あとは待つしかない。相手に返信の主導権が移る。その「待ち時間」が、私たちの不安を育てる温床になっているのだ。

# 友人からの返信が、いつも一言で終わる。

スマホでのメッセージやLINEを打つには時間がかかる。

この文章で自分の気持ちが伝わるかな。相手にとってわかりにくくないかな。嫌な感じがしないかな。書いては消して、消しては書いて。この繰り返しで文章は長くなっていく。

「これで、よし」。完璧な文面を送信する。

しばらくすると、ピコン！ という明るい音とともに通知がくる。どんな返事がきているかなとたのしみに見てみると「了解！」との返事である。画面を見つめる手が止まる。「こんだけ長文で気持ちを伝えているのに、たったの3文字かよ。文字だけだと2文字かよ」という思いが生まれる。

返信の短さへの切なさが無力感として重くのしかかる。私の話がつまらなかったのだろうか。長すぎて読むのが面倒だったのだろうか。そもそも私に興味がないのだろうか。でも「！」がついているから、前向きなような気がしないでもない。

自分でも気づいている。丁寧に言葉を選び、感情を込めれば込めるほど、相手からの返信への期待がふくらむことを。そして、返信への期待が大きければ大きいほど、一言での返答に感じる落胆も大きくなることを。

この悪循環を理解しつつも、また長文を打っている自分がいる。

# SOCIAL NETWORKING SERVICE

7章——SNS編

## スマホを忘れたと思ったら、手にもっていた。

もはや、スマホは手の一部なのだと思う。「メガネは顔の一部です」とはよく言ったものである。同様に「スマホは手の一部です」なのである。

スマホを家に忘れたと慌てて探していたら、手にもっていた。

この現象が一度ではなく、何度も発生する。しかも、思い起こせば、家を出てからどうでもいいことを検索していたことに気づく。それなのに、「忘れた」とパニックに陥る。なんだろう、この現象は。

おそらく、「スマホをもつ」という行為が当たり前になりすぎているのだろう。無意識にスマホをもち、無意識に検索する。まるで呼吸するかのようである。誰も「いま、呼吸しているかどうか」なんて気にしないように、「スマホをもっているかどうか」も、脳の片隅に追いやられているのだろう。

スマホに依存しすぎた結果、存在を意識できないほど一体化しているという現実。手の中にあるのにスマホを探してしまうという現象は、私たちの新しい日常の象徴なのかもしれない。

やはり、スマホは手の一部なんだと思う。しかし、実際は手を超えて、体の一部、脳の一部、自分の一部になってしまっていると思うと、なんとも恐ろしい。

# 「逆に」が、まったく逆じゃない。

「今日は暑いね」「逆に、アイス食べたくなるよね」

ちょっと待って。話の腰を折るようで申し訳ないけど、それのどこが「逆」なの？　暑いから、アイス食べたくなるのは、むしろ当然の流れだよね？　正しく表現するならば「うん、アイス食べたくなるよね」だよね？　むしろ、同意したうえで、意見を重ねるんだよね？　なのに、なんで否定から入るの？　ごめん、けっこう傷つくんだけど。

きっとログセなのだろう。まったく逆じゃないのに「逆に」を連発されると、否定された気持ちになる。もはや、逆の逆の逆の逆になり、元の方向に戻っていることもある。言葉の意味が歪められていく感覚に、どこか居心地の悪さを感じる。

元々は、「しかし」や「でも」といった明らかに反対の意味をもつ言葉を使うことへのためらいから「逆に～じゃない？」と使われ出したのだろう。誰だって、正面から否定されることは気持ちよくない。日本人は摩擦を恐れる傾向があるため、やんわり否定する言葉の誕生と定着は、至って自然な流れである。「じゃない？」と語尾が疑問文のように上がるのも、「別の考え方の提案」といったニュアンスが入っており、受け入れやすくなる気もする。

強い否定を回避するために生まれたであろう「逆に」が定着したことで、逆に小刻みに否定され続ける自分がいる。逆に困ったものである。

# SOCIAL NETWORKING SERVICE

SNS編――7章

## 社内にいるのに個人ケータイを使ってやりとりする背徳感。

「これからお昼どう？」

見える範囲にいる同僚に送ってみる。しかも、会社用ではなく、個人ケータイに。

あ、気づいた。見ているな。返事を打ってるな。そして、スマホを置いたな。と思ったら、こちらに通知がきたな。

「オッケー」

ただのお昼の誘いなのに、なんだろう、この背徳感は。まるで学校の授業中にこっそりメモを回すような、どこか秘密めいた感覚である。

目と目が合う距離にいながら、スマホ越しにコミュニケーションをとる。会話なら一瞬で済むことを、わざわざ文字に起こして送信する。その行為は、どこか非効率的なようで、実は効率的でもある気がする。

やりとりしているのが個人ケータイであるというのもポイントだ。非効率的か効率的かという論点に加え、同僚か友達か、建て前か本音か、適切か不適切か、といった要素が加えられ、なんとも言えない気持ちを演出する。

また新しい通知音が鳴った。

「12時でいい？」

このメッセージに、「うん！」と答える。相手を見ると、メッセージを受信した直後に、こちらを向いた。小さな会釈を交わす。このほくほくとした気持ちをなんと呼ぼうか。

# 既読スルーしそうな予感がするので、未読スルーする。

SNSの難しさを象徴するのが「既読スルー」である。

読んだのに、返事をしない。それは、SNS界の失礼極まりない行為No.1として、君臨している。

そんな「既読スルー」への恐怖からよくしてしまうのが、メッセージを開かないまま放置する「未読スルー」である。画面の端に通知が表示されても、わざと開かない。ちょっと内容が見えてしまい、返事に困りそうな内容だったので、既読すらしない。

目の前の手紙を届いていないふりをして、机の引き出しにしまうような卑劣極まりない行為である。

この未読スルーは、SNS社会の新しいストレス対処法でもある。既読をつけないことで、返信への期待や圧力から一時的に逃れることができるからだ。「まだ見てない」という言い訳が、小さな安全地帯を作り出す効果がある。既読スルーよりも悪質な行為ではあるのだが。

とはいえ、未読スルーを放置し続けていいわけではない。未読スルーしたメッセージからの無言の圧力に屈するように、既読にする。そして、完全圏外だった山籠もりの修業から帰還したばかりのように返信するのである。

この悪循環から抜け出すには「既読スルー」への過剰な恐れを手放す必要があるだろう。既読をつけて、3日はセーフ。そんなルールが定着してほしいと心から願う。

SOCIAL NETWORKING SERVICE

7章 ―― SNS編

# 何かを匂わせているのに、具体的には何も言わないポエム。

で、この投稿は何が言いたいのだろう。

「このままじゃ、私、もう」「なんか裏切られた気分」

SNSのタイムラインには、そんな投稿が流れてくる。具体的な説明もなく、ただ不安な何かを匂わせるだけの言葉たち。読んでいると、なんとも落ち着かない気持ちになる。

「ポエムなら手帳にでも書いておけばいいのに」と思うものの、そんなことをコメントできるわけもない。

コメント欄に目をやると「心配です」「何かあったら相談に乗ります」などの、心温まる言葉が溢れている。そんな光景を目の当たりにすると「まんまと、かまってちゃん作戦にハマりやがったな」と心の中で悪態をついてしまう。

こうした投稿は、誰かの関心を引きたいだけなのだろうか。それとも、吐き出すことで癒やされているのだろうか。そう思いながら、自分の投稿を見返してみると「もう限界かも」「でもがんばる」といった、なんともポエミーな投稿をしているではないか。しかも連投で。

SNSは、時として、さみしさの受け皿として機能する。そう考えると、匂わせ投稿だって許されるべきものかもしれない。また同じような投稿を見かけたら、悪態をつきそうになってしまうのだろうが。

7章——SNS編

# 深刻そうに相談してきた友人が、能天気な投稿をしていた。

SNSを開いて目を疑った。

「ちょっといい？」

この言葉から始まった深夜の大相談会。その人物と同じ人とは思えないような、アゲアゲな投稿をしているではないか。

つい昨夜まで「もう限界」「どうしたらいいかわからない」と、涙声で訴えていたはずなのに。深夜までつき合って、一緒に考え、励まし、ようやく前向きになって安心したばかりなのに。なんなら、そのせいでこっちは寝不足だっていうのに。

画面に映るのは、たのしげな表情で友人とランチをたのしむ写真である。しかも、ハッシュタグには「#最&高」の文字。たのしいでも、最高でもなく、最&高。もはや人間不信に陥るレベルでの衝撃である。

馬鹿みたいである。いや、きっと馬鹿なのだろう。少なくとも、お人好しであることは間違いない。真剣に心配して、眠い目をこすりながら、翌朝の仕事の心配をしながら、相談に乗ったというのに。こっちは最&低な日々の中で、なんとかやっているというのに。

しかし、ふと思う。もしかすると、昨日の相談で気持ちが吹っ切れたのかもしれない。役に立てたのかもしれない。そんなことを考えながら気持ちよく「いいね」できない自分がいる。

SNS編――7章

# ちょっとしたことで「人生変わった」と語る友人がいる。

どんだけ人生の変わるハードルが低いんだよ。

先週は「朝活を始めて人生変わった」と書いていた。今週は「このスムージーで人生変わった」と書いていた。おそらく、来週も何かしらの理由で人生が変わるのだろう。人生が変わって変わって変わって変わったら、元の人生に戻ってしまうのではないだろうか。

たしかに、新しい体験や発見で、生活が少し変わることはある。初めての場所に行ったり、いままで食わず嫌いで避けていたものを食べたり。しかし、それは日々の刺激であって、人生が劇的に変化するほどのインパクトがあるわけではない。このように物事を冷静に、まじめに、捉えてしまう自分がいる。

その意味では、人生が変わりすぎる友人は、「幸せセンサー」が敏感なのだろう。どんな小さな体験でも、特別なものとして捉えることのできる感受性の豊かさ。この幸せレーダーが敏感であればあるほど、人生は幸せに満ちたものになることは容易に想像できる。それに比べて、自分の幸せレーダーの感度の低さときたら。

今度、小さなことが起きたら「人生変わった」と心の中でつぶやいてみよう。そうしたら、本当に人生が動き出すかもしれない。そう期待をするほど変わりばえのしない日々に、ため息が出る。

SOCIAL NETWORKING SERVICE

SNS編――――7章

# 友人が映えスポットに行きまくっていて、お金が大丈夫か心配になる。

「この人、私と同じような収入のはずなのに、大丈夫なのかな」

はっきり言って、余計なお世話である。しかし、気になってしまうのである。映えに人生をかける友人のフトコロ事情が。

SNSを開くたびに、友人の新しい投稿が目に飛び込んでくる。

話題の美術館。先週は人気のアフタヌーンティー。その前は遠方の絶景カフェ。

たしかに写真は素敵である。本人もたのしそうである。だから別にいいのだが、「何か無理してるんじゃないかな」という親心のようなものが顔を出す。余計なお世話以外のなにものでもないのだが。

同じような規模の会社で、同じような立場で働いている。だからこそ、なおさら出費が心配になるのだ。毎週末の遠出やおしゃれなカフェ巡りをすると、交通費に、入場料に、食事代に……。ざっと計算しただけでも、かなりの出費になるはず。

想像してみると、一見華やかに見える投稿が、少し影を帯びて見えてしまう。余計なお世話以外の何ものでもないのだが。

友人の写真を見るたびに、うらやましいような、うらやましくないような、不思議な感情が湧いてくる。「映え」よりも、もっと優先すべきものがあるように思えてしまうのだ。余計なお世話以外の何ものでもないのだが。

SOCIAL NETWORKING SERVICE

SNS編――7章

# 友人の投稿には「いいね」しているのに、自分の投稿だけスルーされている気がする。

「いいね格差」と呼ぶべきだろうか。

友人には「いいね」しているあの人が、私にだけ「いいね」してくれていない気がする。被害妄想かもしれないのだが、私にだけ「いいね」してくれていないのである。投稿をさかのぼって確認しても、やっぱり、事実っぽいのである。

SNSを開くたびに気になってしまう。他の友人の投稿には必ず反応している友人が、私の投稿だけ見えていないようにスルーされている。気がする。誰かの「いいね」

を確認するなんて、子どもじみていると自分でも思う。しかし、仲よしグループの中でひとりだけ仲間外れにされているような感覚になってしまうのである。

投稿がおもしろくないのか。写真の撮り方が下手なのか。それとも、何か気に障ることをしてしまったのか。考えれば考えるほど、もやもやはふくらんでいく。「私の投稿にだけいいねしてくれないよね？」と直接問い正すことができるはずもなく、画面を眺めてはため息をつくことになる。

その友人の投稿に「いいね」を押してみる。もしかしたら、こっちの「いいね」に気づいてくれるかもしれないから。

それでも「いいね」が返ってこないとしたら。

その時のことは、その時に考えることにしよう。

# 会った瞬間に「投稿見てくれたー？」と聞かれる。

なんだ、その新しい挨拶は。

「ひさしぶり！」の代わりに飛んでくる「投稿見てくれたー？」という言葉。待ち合わせ場所で出会った瞬間から、まるでＳＮＳの閲覧確認を求める面接官のような眼差しを向けられる。いつからこんな挨拶が当たり前に使われるようになってしまったのだろうか。

正直に言えば、見ていない。いや、流し見程度で見たかもしれない。忙しかったし、家事に育児に仕事に追われて、ＳＮＳをゆっくり見る余裕なんてなかった。しかし、そんなこちらの都合など通用しなさそうな圧力である。

「う、うーん」という曖昧な返事をすると、相手の表情が曇る。「あ、見てないんだ」と残念そうな表情を浮かべるものだから、「ご、ごめーん」と、またなんとも曖昧で気持ちのこもっていない謝罪をすることになる。

最近あったことを伝え合うために、今日の場が設定されたんじゃないだろうか。だったら、いまからその話をすればいいじゃないか。

そんな正論が浮かぶものの、ぐっと気持ちを飲み込む。

帰り道にＳＮＳを開く。友人の例の投稿に「いいね」をつける。会った時に、その話もさんざん聞いたけれど。これが現代の気遣いなのかもしれない。

# ママ友LINEグループの通知が多すぎる。

毎日は忙しい。掃除に炊事、買い物に、仕事。そんな中で、スマホを見る時間をとれない時もある。「さて、一段落」と思ってソファに腰を下ろしスマホに目をやると、鬼のように通知がきていることがある。

そう言われれば、ずっと通知がきていたような気がしないでもない。その元凶は、ママ友のLINEグループである。

ママ友LINEグループの未読は、実に37件にのぼる。まるで休むことを知らない会話の嵐である。「明日、お弁当だって知ってた？」から始まり、「運動会の服装」「習いごと情報」「おすすめレシピ」「ランチ会やろうよ」と、話題は尽きない。ひとつの話題が終わったと思えば、次の話題が待っている。

しかも、悪いことに、既読をつけてしまった。無反応でいるわけにもいかない。絶体絶命のピンチである。「既読」の概念が、返信への義務感を生み出す。「家事で手が離せません」「仕事中です、すいません」と正直に言えない空気感もある。かといって、このグループから抜ける勇気もない。ごくまれに、運動会のもち物リストや、ＰＴＡの集金情報など、見逃せない情報が流れてくる可能性もあるからだ。

毎日の生活で精一杯なのに、スマホの中のつき合いにまで気を使わなければならない。なんと八方ふさがりな世の中である。

SNS編――――7章

# そっとフォローを外されていた。

私何か悪いことした？　気に障ることした？

自分のフォローが外されていたことに気づいたのは、あの人からの「いいね」が減ったことだった。何気なくプロフィールを開いてみると、自分が友達リストに見当たらないのである。

あれ、私、外されてる。いつの間にか、そっと。心臓が小さく締めつけられる。

そこから、切ない振り返りタイムが始まる。最後に会った時は普通に笑って話していたはず。メッセージのやりとりだって、特に気まずい雰囲気はなかった。

それなのに、なぜ？

頭の中でさまざまな可能性が巡る。投稿が何か不愉快だったのか。あの投稿に反応しなかったのが気に障ったのか。しかし、答えらしい答えは浮かび上がってこない。

こんな時、どう捉えればいいのか、どう振る舞えばいいのか、まったくわからない自分がいる。気づいてないふりをして、そっと閉じるのが大人の所作なのだろうか。学校の「情報」の授業で、そっとフォローを外されていた時の対処法について、教えておいたほうがいいとすら思ってしまう。

ＳＮＳでは、数回のタップで、いとも簡単につながり、関係が切れてしまう。リアルの関係は続いているのに、デジタルの世界では他人になることもある。この違和感に、まだ慣れない自分がいる。

# 8章

# 趣味編
# HOBBIES

HOBBIES

趣味編——8章

# 好きでやっているだけなのに、熟練度を評価される。

「どれくらいできるの？」「どのくらいやっているの？」

趣味の話をすると、必ずこのような質問が飛んでくる。まるで就職活動の面接のように、経験年数と実力を聞かれ「趣味度」を評価される。この質問に答えるたびに、趣味と呼ぶには申し訳ない気持ちになる。

長年続けているけれど、そんなに腕前が上がっているわけではない。それでいいはずなのに、上達しなければならない圧力のようなものを勝手に感じてしまうのだ。

「ごめん、うまいとかへたとかじゃないんだ。たのしいからやっているだけなの」

そう素直に答えればいいのだろうが、話を遮っているようで、言い出しづらい。

こちらが趣味の話を切り出したばかりに、会話を続けるためだけに、このような不毛なやりとりが行われることはわかっている。それなのに、いつも「まだまだなんです」と言い訳がましく答えてしまう。話題を変えようとしても、熟練度界隈の質問攻撃は続く。

誰にも評価されず、ただ没頭したい。下手のままでもたのしいし、上達を目指しているわけでもない。ただ、今日も趣味の時間を大切にしたいのだ。そう、これはただのたのしみなのだから。

HOBBIES

趣味編——8章

# 「へー、変わった趣味だね」と軽くディスられる。

趣味友達以外とは、趣味の話はしないようにしている。自分の趣味がメジャーじゃないことはわかっているし、よさを伝え切る自信もないからである。

「へー、変わった趣味だね」

この言葉を何度聞いてきたことか。たしかに一般的な趣味ではないかもしれないし、「なぜあまたある趣味の中から、その趣味を選んだのか」を不思議に思う気持ちもよくわかる。だからと言って、「変わっている」と言われると、自分を否定されたような気持ちになる。相手は軽い気持ちで言っているのだろうが、自分の中では重い言葉として受け止めてしまうのだ。

「けっこう好きな人もいるんだよ」と言おうとするものの、言葉を尽くすほど自己弁護したい気分にもならない。結局、曖昧に笑いながら、話題を変えることしかできないのが現実である。本当は伝えたいのに。この趣味の魅力も、没頭するたのしさも、心が満たされる瞬間も。

みんなそれぞれ好きなものがある。人にはわかってもらえない偏愛がある。

だから次からは、「変わってるよね」と言われても、静かにほほえむことにしよう。この趣味があるから、いまの私がいる。それだけで十分なのである。

HOBBIES

趣味編――8章

# 推しの知名度が上がりすぎてしんどい。

推しが売れたのはうれしい。心からうれしい。

しかし、売れに売れると、謎のさみしさが湧き上がる。ずっと、応援してきた。ずっと、成長を見守ってきた。でも、もう私の応援など、求めていないのかもしれない。そんな疎外感のような、無力感のような感情が顔を出すのだ。

小さな会場で、ステージと客席の距離が近かった頃。メンバーの表情の細かな変化まで見えた日々。MCで話す声が少し震えていたり、ライブ後の挨拶で目が潤んでいたり。自分をひとりのファンとして認識してくれていたり。そんな一瞬一瞬が、まるで宝物のように心に刻まれている。

しかし、いま、大きな会場の後方席からは、推しの姿はＬＥＤビジョンを通してからしか見えない。「やっと、みんなが推しの魅力に気づいてくれた」という喜びと、「もう、あの頃の距離感は戻ってこない」というさみしさ。その相反する感情が、胸の中でぶつかり合いながら、あの頃のように、この瞬間に没頭できない自分がいる。

これは、愛の必然と言えるのかもしれない。大切な人の成長を願いながら、同時にその成長による変化へのさみしさを感じる。まるで、子どもの自立を見守る親のような心境である。

この複雑な感情は、長年応援してきたからこそ味わえるものなのだろう。この感情の苦みは、推しの成功を、誰よりも近くで見守ってきた証なのだろう。

趣味編――8章

# HOBBIES

## オフ会のためなら、なんとか生きていける。

毎日は苦難の連続である。理不尽の連続である。大きさの違いはあれど、それぞれが地獄の中を生きているとも言える。

しかし、カレンダーに印をつけた日付がある。オフ会の日である。その日は、毎日を生き抜くための一筋の光である。「あと○日」というカウントダウンが、疲れた心の支えになる。

趣味でつながった友達とのオフ会ほど、尊いものはない。自分の置かれた職業や肩書、立場を超えて、ただただ趣味の話をすることができる至福の時間。現実の世界では見知らぬ他人同士なのに、共通の趣味をもつだけで、こんなにも心が温かくなる。つながることができる。

画面越しでしか知らなかった人たちと実際に会って、語り合って、笑い合う。そんな時間が、殺伐とした現実世界に残された唯一の救いであり、かけがえのない酸素のようにも思えてくる。ＳＮＳでは伝えきれない感情を、表情や声のトーンに乗せて共有する。それは、デジタルでは決して得られない、アナログな温もりである。

オフ会が終わる時、次回の日程が決まり、日程を早速スマホに入力する。また新しい目標ができる。明日からの日々も、なんとか乗り越えられそうな気がする。そう思えることが、この時代を生き抜くための、小さくもたしかな希望になるのだ。

HOBBIES

趣味編――8章

# 時間が空いたらやりたいことが多すぎて、どれもやれずに終わる。

「なにをしないのか決めるのは、なにをするのか決めるのと同じくらい大事だ」※1

これはスティーブ・ジョブズが残した名言である。年齢を重ねると、この言葉の重みを感じる。あれもやろう、これもやろう。そう思っていても、残された時間は限られている。やらないことを決め、力を入れるべきことを絞る。それが、これからの生存戦略として重要になるのだろう。

この教えは人生といった長い目線だけで言えることではない。むしろ、毎週訪れる休日や、たまの連休にも、当てはまる。せっかくの機会だから、いろんなやりたかったこと、やり残したことをやろうと思っていたのに、何から手をつけていいか決められず、結局、ほぼ何もすることなく終わりを迎えるのである。

机の上には読みかけの本が積まれている。休みのうちに見たかった動画も山ほどある。キッチンには試したいレシピが貼ってある。そういえば、テレビで見たレストランや、最近行っていなかった近所のカフェにも行ってみたいんだった。

どれも魅力的で、どれも後回しにしたくない。その結果、ソファに寝そべったままうだうだと考え続け、ただ時間だけがすぎていくことになるのだ。

「時間は有限だから、全部はできない」とわかっているのに、どれかをあきらめる決断ができない。人生にとって、名言すら無力なのである。

※1 『スティーブ・ジョブズⅡ』ウォルター・アイザックソン著、井口耕二訳、講談社（２０１１年）より引用

# HOBBIES

8章

趣味編

## 道具沼にハマってしまい、道具ばかりが増えていく。

気がついたら通販サイトでヨガグッズやキャンプ道具を見ている。「これがあったらもっと快適に時間をすごせるかも」そう空想しながら、画面をスクロールする指が止まらない。ポチってしまう指が止まらない。荷物が届くチャイムが止まらない。ポストに投函される不在票が止まらない。その結果、いつの間にか、部屋が趣味の道具で溢れ返っている。

「季節や気分によって使いわけよう」

そう思いながら購入するものの、ストック化していく。しかし、不思議とまた新作が気になってしまうのだ。部屋の隅には「これさえあれば」と思って買ったものの、結局あまり使わなかったグッズの数々が眠っている。収納スペースは、すでに限界を超えている。財布の中身も同様である。

いつだって「これで最後」と決意してポチる。しかし、いつの間にか、無意識のうちに、通販サイトに舞い戻り、新しい道具を見つけ「これさえあれば」と思ってしまう。そのループの中で、底なしの道具沼へとハマっていく。

そして今日も、新しい道具がほしいという欲望と、これ以上は買わないという理性が、静かな戦いを繰り広げている。勝者は目に見えているのだが。

HOBBIES

趣味編――8章

# クレジットカードの引き落としが、毎月予想を超えてくる。

「いや、そんなはずはない」

そう思って履歴を確認する。しかし、並んでいるのは、身に覚えのある利用履歴である。うん、使ってた。こんなにふくらんでいたとは予想外だっただけで。

コンビニで「ちょっと」おやつを買った。友人とカフェで「ちょっと」お茶をした。ネットショップで「ちょっと」気になっていた商品を買った。その「ちょっと」が積み重なって、とんでもない数字になっている。たくさんのチリが集まってホコリになり、そして、謎の物体になったかのようである。

現金なら、支払いのたびに財布が薄くなっていく実感がある。しかしながら、クレジットカードは違う。その瞬間は薄くならない財布と、その瞬間は減らない残高表示。そのお金が減っていない感が、「ちょっと」と「まあいいか」の循環を生み出し、毎月の「いや、そんなはずはない」を引き起こしていく。

キャッシュレス決済の普及は、たしかに便利で快適である。しかし、その利便性は同時に「お金を使っている」という感覚も曖昧にした。目の前のちょっとした欲望と、月末の引き落としの間に横たわる、深い溝。できることならば、永遠に月末がこない世界を生きたいものだ。

HOBBIES

趣味編——8章

# 趣味が義務化していることに気づく。

初めはあんなにたのしかったのに。

いつの間にか、練習しなきゃ、うまくならなきゃ、と思ってしまっている。

「趣味なんだから、もっと気楽にやればいいんだよ」

そう自分に言い聞かせるものの、練習が途切れそうになると、なんとなく不安になる。今日は忙しかったからと1日休むと、なぜか罪悪感に襲われてしまう。気がつけば、趣味のはずが義務のようになっているのだ。

たのしみのはずが、課題になっている。「うまくなりたい」という願いが、いつの間にか「うまくならなければ」という重圧に変わっている。続いていることなんてひとつもないから、この趣味だけは続けたいと思う気持ちが積み重なっていく。「たのしむ」から「やらなければならない」に変わった瞬間、趣味は趣味でなく、義務になってしまう。そう気づいた時、少しさみしくなる。

ふと、始めたばかりの頃を思い出す。できなかったことが、できるようになった日の喜び。小さな目標をクリアした時の達成感。最近、大好きだった趣味で、こんなふうに清々しい気持ちになったことはあっただろうか。

本来のたのしさをとり戻すには、もう一度「好きだから」という気持ちに立ち返るのがいいのかもしれない。そう思いながらも「今日も練習しなきゃ」と思ってしまう自分がいる。

# おわりに

世の中は複雑化しています。
ひとりでいくつもの役割を担う必要に迫られ、やるべきことは増え、忙しさは増すばかりです。スマホの登場によって、いままであったスキマ時間が消滅し、常に情報に触れることにもなりました。同時にSNSやLINEなどがより身近になり、他者とも常時接続状態です。もやもやは増えるばかりです。

このもやもやを別の言葉で表現するならば「いままで感じていなかった感情」「新しい感情」と呼ぶこともできます。たのしい、うれしい、悲しい、切ない、といったわかりやすい言葉では説明しきれない、複雑な感情です。社会や環境の変化や他者とのかかわり方に適応しようとするからこそ生まれる感情と言うこともできるでしょう。

私はこの本を書いている中で気づいたことがあります。
それは「言葉にできない気持ちを多く抱えている人は、がんばって生きている人なのではないか」ということです。一生懸命、社会や他人と向き合おうとしている人だからこそ、新しく複雑な感情が生まれ、自分だけで抱えてしまうようにも思えるのです。本書によってそんな人のもやもやが少しでも晴れ、心の平穏が訪れるきっかけになれたら、これ以上の喜びはありません。

最後になりますが、この書籍には多くの方がかかわっていただき、完成に至りました。みなさんの献身的な支えがなければ、このような素敵な形にはなり得ませんでした。

サンクチュアリ出版の編集者である吉田麻衣子さん。素敵な企画をご一緒させていただきました。私は「言語化する手法」を体系化することこそが是と考えていたため、「もやもやをどんどん言語化していく」という書籍は検討すらしていませんでした。明るく前向き、かつ、明確なフィードバックに背中を押され、書き切ることができました。ありがとうございました。

そして、サンクチュアリ出版のみなさん。一丸となってこの書籍をおもしろがり、広げようとしてくださる姿に背中を押されるように、原稿を書くことができました。書いたら著者の仕事は終わり、とはまったく思っておりません。これからが本番。ともに頭をひねり、身体を動かし、多くの人の手に届く書籍になるように、ご一緒できることをたのしみにしています。

献身的に下読みをしてくれた、古川さん、矢羽野さん、今村さん、フライヤーブックキャンプから生まれた秘密結社のみなさん、そして、妻。自分がおもしろいと思っていることは、本当におもしろいのだろうか。これは著者にとって、とても大きな悩みであり、不安です。だからこそ、親身になってくれながらも、辛辣な意見をいただけるであろうみなさんに、下読みのお願いをさせていただきました。「初めての読者」としてのコメントや感想はできるだけ文章に反映させていただきました。この書籍が読みやすく、おもしろいものになっていたら、みなさんのおかげです。

そして、家族に。本文で出てくるもやもやは、家族とすごす日々からヒントを得たものが数多くあります。「私や家族のことを書くのやめてよ」と言われそうですが、私にとってあなたの観察こそが、コピーライティングの質を高める源泉になっています。そう、あらゆる仕事において。

家族にとって、私は、何をやっているかまったく謎の人間のようで、もやもやしていると思います。しかし、日々パソコンに向かいながら、社会とそこに暮らす人のために自分

おわりに

ができることを見つけ、淡々と着実に、たのしみながら、苦しみながら、書くという活動をしています。この書籍から、私の仕事の一端を感じていただければうれしいです。詳しいことは、またいつか、言語化しながら共有できればと思っています。

２０２５年3月　梅田悟司

# 言葉にならない気持ちワーク

**このページの使い方**

あなたの「言葉にならない気持ち」を、はき出してみませんか。このワークシートに書き込んで、ひとりでこっそり読んでも、誰かと共有してみても。ＳＮＳで「＃言葉にならない気持ち日記」で投稿してもらえたら、著者と編集部でたのしみに読ませていただきます。

**私の言葉にならない気持ちは……**

近い気持ちはどれ？　もやもや・やれやれ・マジでか・しらんわ・そわそわ・ほっこり

**その理由は**

私の言葉にならない気持ちは……

その理由は

近い気持ちはどれ？　もやもや・やれやれ・マジでか・しらんわ・そわそわ・ほっこり

私の言葉にならない気持ちは……

その理由は

近い気持ちはどれ？　もやもや・やれやれ・マジでか・しらんわ・そわそわ・ほっこり

〈著者プロフィール〉

## 梅田悟司（うめださとし）

コピーライター
武蔵野大学アントレプレナーシップ学部 教授
ワークワンダース株式会社 取締役CPO

1979年生まれ。博士（学術）東京科学大学環境・社会理工学院博士後期課程修了。レコード会社を起業後、電通入社。ベンチャーキャピタル（VC）でベンチャー支援に従事した後、武蔵野大学アントレプレナーシップ学部の開設に伴い、教授就任。現在は、生成AIによる生産性向上を支援するワークワンダースの取締役として、コピーライティングの技術を発展させプロンプト開発を行う。

コピーライターとしての主な仕事に、ジョージア「世界は誰かの仕事でできている。」、タウンワーク「バイトするなら、タウンワーク。」のコピーライティングや、TBSテレビ「日曜劇場」のコミュニケーション統括などがある。直近では、日曜劇場『VIVANT』にコミュニケーション・ディレクターとして携わった。

著書に、シリーズ累計35万部を超える『「言葉にできる」は武器になる。』（日本経済新聞出版）。同書は、高等学校における国語教科書『新編 現代の国語』（大修館書店）に掲載された。また、4カ月半におよぶ育児休暇を取得し、その経験を踏まえた『やってもやっても終わらない名もなき家事に名前をつけたらその多さに驚いた。』（サンマーク出版）を執筆し、名もなき家事ブームの火つけ役となった。発行累計部数50万部超。

今日も言葉にならない気持ちを抱えながら、ひたすらにキーボードを叩く日々をすごしている。

『学びを結果に変える
アウトプット大全』

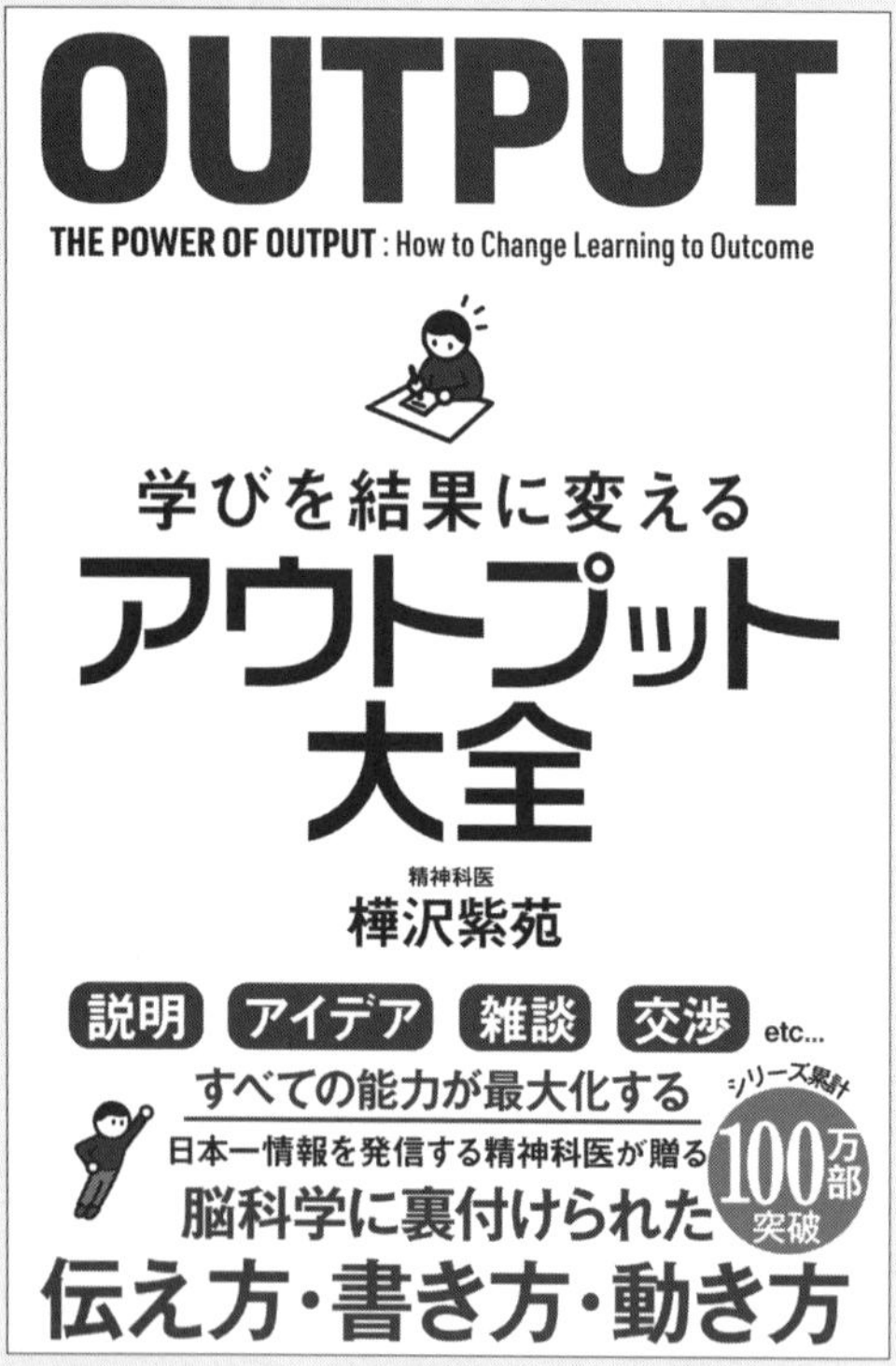


樺沢紫苑：著

## 脳科学に裏付けられた、伝え方・書き方・動き方

説明・アイデア・雑談・交渉など……すべての能力を最大化！「人生を変えるのはアウトプットだけである」と提唱する精神科医が教える最強のアウトプット方法を、図版を使ってわかりやすく解説。日記を書く、健康について記録する、読書感想を書く……など限られた時間の中で結果を残すための、科学的なエッセンスが詰まっている。

# 『覚悟の磨き方』

超訳 吉田松陰

池田貴将：編訳

## 不安と生きるか。
## 理想に死ぬか。

外国の文明を学ぼうと、死罪を覚悟で黒船に乗り込もうとした。幽閉の処分となると、小さな塾を開いて、高杉晋作や伊藤博文など、後の大臣や大学創設者になる面々を育てた。誰よりも遠くを見据えながら、幕末を熱く駆け抜けた天才思想家・吉田松陰。彼の「心」「志」「士」「友」「知」「死」、日本史上、最も熱くてリアルな人生哲学が世代をこえて心に響く。

# 『私はこうして勉強にハマった』

ビリギャル本人さやか：著

## “ビリギャル状態”を完全再現する勉強本

学年ビリから偏差値を40あげて慶應大学に現役合格した著者「ビリギャル本人さやか」が、コロンビア大学院で学んだ認知科学を使い、どうすれば勉強に没頭できるのか？　どうすれば自分の学力を最大化できるのか？　「モチベーション」「戦略と計画」「環境」の3つの視点から丁寧に解説した本。

# 言葉にならない気持ち日記

2025年5月2日 初版発行
2025年5月29日 第2刷発行（累計1万2千部）

著者　梅田悟司

デザイン　井上新八
イラスト　秦透哉
DTP　有限会社エヴリ・シンク

営業　鈴木愛望
広報　岩田梨恵子
編集　吉田麻衣子

発行者　鶴巻謙介
発行所　サンクチュアリ出版
〒113-0023 東京都文京区向丘2-14-9
TEL:03-5834-2507 FAX:03-5834-2508
https://www.sanctuarybooks.jp/
info@sanctuarybooks.jp

印刷・製本　株式会社光邦